För Gelchen

Ralf Spreckels wurde im Mai 1946 im kleinen Dörfchen Schönhorst geboren, wo er heute wieder lebt. Dort hat er schon als Kind die plattdeutsche Sprache aufgesogen. Mit 16 wollte er Kapitän werden und heuerte auf einem Bananendampfer an. Bald war aber „daddeldu" mit der christlichen Seefahrt und nach Lehr- und Studienzeiten leitete er viele Jahre die Büro-Organisation einer Versicherung. Das Fernweh ist geblieben und wird durch Fahrradreisen befriedigt, die er zusammen mit seiner Frau macht. Er ist zweifacher Vater und Opa von drei Enkelkindern. Plattdeutsch sieht er als eine unschlagbar aussagekräftige Sprache, mit der man ganz nah bei den Menschen ist. Seine Geschichten sind nicht frei erfunden. Darum sind Ähnlichkeiten mit lebenden oder schon verstorbenen Personen auch nicht zufällig. Ob sie trotzdem wahr sind, das mag jeder für sich selbst entscheiden.

Ralf Spreckels

Vun wegen Tüdelkraam

Geschichten un Riemels
heiter, frech, besinnlich

Quickborn-Verlag

Die plattdeutsche Schreibweise des Autors
ist unverändert übernommen worden.

ISBN 978-3-87651-460-4

Umschlagfoto und Umschlaggestaltung: Günter Pump, Nordhastedt
Gesamtherstellung: CPI books GmbH, Leck
Der Umwelt zuliebe
auf chlorfrei gebleichtem Papier gedruckt
Printed in Germany

Inhalt

Fraag Papa!

Wenn du mi fraagst, of sik de Tieden ännert hebbt, segg ik: „Dat kannst du luut seggen“! Worüm? Jo, as uns Kinner lütt weern, dor hett dat heten: Fraag Papa, de weet dat. Jo, un Papa wüss wat Avocado is, woans Perzentreken geiht un dat `nämlich´ nich mit “h” schreven ward.
Hüüt? Nix mehr! Vörbi! Hüüt ward Google fraagt, Alexa, Siri, Cortana, un wat dat noch so gifft. Mien gode Raat, mien ganzes Weten, över Johrteihnte mit Möh intrichtert un afspiekert. För de Katt? Dammi noch maal to! Kann jo wull nich wohr sien? Ward de Welt ümmer verückter?
Nu reeg ik mi jo nich so licht op, aver ik föhl mi minn. Na allens kannst du de kloke Stimm ut `n Luutspreker fragen: „Wo heet noch de Schimpans bi Tarzan“? Un över Spraak stüürt nehmt se di Denken un ok Arbeid af: Heizung regeln, Water för`n Grog hitt maken. Hören, of He mit de orangen Hoor al wedder Dummtüch twittert hett.

Ja, bald söökt se di ok noch de passende Kleedasch ut, wenn du maal unseker büst, of du in Jeans un T-Shirt to`n Ball gohn kannst. Avermillionen Wunnermaschinen sünd al op de Welt in Insatz. De Minschen blievt kommodig sitten, roopt `n poor Wöör, un unsichtbore Hölper erledigt dat. Dat is doch Schiet!

Apropos Schiet, ok de Tolettenspölung funkschoneert al so. Nich mehr Knoop drücken oder – gifft dat jo ok noch ut de Steentied, – an so`ne Keed trecken. „Spölen!“ ropen, jo, denn löppt dat.

Schöön, dat dat liekers noch Saken gifft, de de Minschen alleen maken mütt. Wisst du dien Schatz … na, ik segg maal, … `n beten över de Back eien, `n Söten geven, oder … Dat, dat kann glööv ik, kene vun de digitalen Assistentinnen övernehmen. Weer jo ok noch schöner!

Tja, wenn du mi fraagst, wat dor noch allens op uns to kümmt? Kene Ahnung! Woher schall ik dat weten? Aver mi fraagt jo ok kener mehr.

Küsschen-Kult

Fang maal mit dat Thema „Begröten“ an, wenn du mit Lüüd tosamen sittst. Begröten hüüttodaags. Mit ümarmen, strakeln, Söten geven un wat weet ik noch allens. Dor kannst op wetten, dat denn de Luzie afgeiht. Heff ik letzt mit miene Navers belevt.

„Ja“, seggt Korl, „düsse Küsschen-Kult, dat is di jo villicht wat, du!“ „Fröher“ – rööp Gerd – „geev man sik de Hand – Dag oder Moin – un good weer`t. Ja, dor wüss man noch, wat Saak is!“

„Un hüüt kriggst tominnst en Arm üm de Schuller leggt, oder ganz ümarmen un wild op`n Rügg kloppen. Oder den Rügg hooch un rünner strakeln, as wenn du bi de Krankengymnastik büst!“

„Jaha, du, un ` n Söten op de Back oder op`t Ohr smatzen oder so vörbipussen hööрt dor ok mit to.“ „Jaa, hest recht Korl! Oder Küsschen links, Küsschen rechts. Oder links, rechts, nochmaal links. Oder annersrüm? Ja, klei mi doch! Sünd al vele Köpp bi tosamenrasselt!“

„Schall Ecken geven, dor gifft man sik veer Söte!" „Jaha, op Korsika sogor fie-hief!"
„Mutt ik mi nu toeerst na links oder na rechts verbögen? Un wat maakt mien Gegenöver? Denn lever den Inuit-Kuss – de Gummeln aneenanner rieven!" „Du, dat heff ik bi Tant Erna versöcht. Güng scheef!" „Duu!! Miene Fru mach ok nich jeedeen an`t Hart drücken un sik ümklammern laten. Un se gruselt sik vör rabiate Knutscher, de ehr de Back vull sabbert."
Tjaaa, un ener müss natüürlich sien hoochwetenschoplichen Semp dorto geven un laberte wohrhaftig wat vun Tyrannei der Intimität. So verknepen mutt man dat jo nich sehn. Aver he hett `n poor Johr in Finnland arbeid. Dor weern fröher sogor de Comics vun Donald Duck verboden, wieldat de kene Büx anhett. Dat geiht denn doch `n beten wiet, oder?

Digitalkompetenz

Wenn du mi fraagst, dat fallt doch ünner Altersdiskriminierung, wenn de egenen Kinner, de sülm Öllern sind, di as olen Klookschieter betekent. Un as nich apen för dat digitale Tiedöller. Se seggt, mi fehlt de Digitalkompetenz! Jo, ik heff räsoneert över Öllern, de ehre Kinner to veel oplaad. Kinner hüüt – kene Tied mehr! Wat de allens op`n Zeddel stohn hebbt! Wat heet Zeddel? Op`n elektroonschen Terminklenner! Wenn ik dat al höör! Al för de ganz Lütten ward de Dag indeelt! Dor geiht dat Slag op Slag: Sport, Musik, Rieden, Football, Nahölp, Theoter, Danzen, Kreativgrupp, Kino, Partys, Sprakenkurs un, un, un. Dörchorganiseert! Kinner! Kene Manager! Goh mi af! Dat is doch Schiet! Na ja, gottloff reeg ik mi jo nich so licht op. Aver wenn du diene Enkels maal sehn wisst, jo, denn musst di anmellen! Denn kiekt de Öllern toeerst in den smartphone-Klenner: „Nee, tööv maal, villicht in dree Weeken. Ja, dor an Friedag, is mit Schangs

`ne halve Stünn frie. Ik schick di den Klenner över Whats App. Kannst mit diene Plaans afglieken."
Weetst, wat ik maakt heff, as ik den Plaan op mien smartphone harr, … weetst, wat ik maakt heff? Mien konservativen Papier-Schrievdisch-klenner rin in Ümslag un mit de Post hen schickt. Stünn vörn groot binnen: Termine 2019 Doppelpunkt: Leven! Mehr stünn dor nich! Du, dat ik `ne Technologie-Brems sien schall, okay vun mi ut! Aver wenn mi, ole Klookschieter, null Digitalkompetenz, wenn mi maal een fragen dä, wat ik allens noch so ännern wörr … Oha, du … aver mi fraagt jo kener!

Bring Koken mit

Miene Fru seggt, ik stell mi bi`t Inköpen mit Afsicht dusselig an. Aver – dat stimmt nich. Ik arbeid villicht maal mit den een oder annern Dreih. Ja! Liekers, ik mutt gestohn, alleen Inköpen is för mi `ne Quaal, `n Horror! Maak ik ok bloots, wenn Noot an Mann, nee an de Fru is.
Letzt wedder. Se harr sik fein opbrezelt. Müss weg. Drückt mi `n Zeddel in de Hand un rööp an de Döör noch: „Bring `n schöön Koken mit. Naher to`n Kaffee." Un weg weer se. Un in so`n Supermarkt, dat duert bi mi. Un kost Nerven! Worüm? Jo, ik finn nix! Un denn pilger ik mit mien Zeddel dörch de Regalen. „Wo is Kaffee? Na ja, dor hölpt mi denn schon maal de Nääs wieder. Aver wat för `ne Sort? Natüürlich kene akraten Angaven op den Zeddel.
Un denn schimp ik liesen vör mi hen un stoh dor raatlos rüm. Duersame Fruuns seht mi dat an. „Nehmt Se man den feinen milden. De is för öllere Lüüd verdreglicher." Wat? Wat? Na

twee Stünnen bün ik nich bloots mit den Inkoop fardig, nee, ok mit de Nerven. An de Kass „föhlt“ 100 Lüüd. An`t Auto fallt mi in: Ups! Koken vergeten! Snell wedder rin. Hen na so`n Regal mit vele bunte Koken-pappschachteln. Lecker Biller op. Un nu? Schokoladenkoken, Marmorkoken, Zitronen-, Kääs-, Streuselkoken. Jo, klei mi doch. Ik nehm Gugelhupf. Tohuus dat Drama: „Dat is doch `ne Fardigmischung, du Döösbaddel! Mutt erst backt warrn.“ Du, bruddig Wedder harrn wi an den Dag al. Aver noch keen Gewitter. Dat güng nu los. Nich buten. Neeee, binnen!

Flohmarkt

Wi goht geern op`n Flohmarkt. Köpen? Niiix! Man hett jo sülm de Bood al vullstoppt. Mien Fru kunn sik letzt liekers nich betähmen. Ene Sammeltass, `n Kupperketel un `ne höltern Wienkist. Un ik müss noch `ne Kökenwaag un twee swatte Kilo-Gewichten na Huus slepen.
Ja, wi hebbt nu afmaakt, dat bloots noch Besünneres köfft ward. Bloots en Stück. Un nu is dat so`n Wettstriet, wokeen dat find. Tomeist winnt mien Fru. Eenmaal mit so`n Plastikswien mit Flünken un Motor. Kunn man an Band rundrüm flegen laten.
Mit en Mobile ut dröögte Kohlrouladen kunn ik dor nich an klingeln. Övertüügt hett se ok nich, de Gavenschachtel „Notfall-Schnurrbärte für alle Lebenslagen“, nee, se keem mit `n Stuven-Springborn an. De Waterstrahl keem vun so`n lütt Männeken Piß. Aver bloots dat Männeken weer lütt, wo dat Water rut strahlt, na ja … Se wedder Sieger! Erst eenmaal heff ik wunnen! Ik segg bloots „Wiener Klassik“, „Musik der Romantik“. Dat müss se aner-

kennen! Jo, op en Disch mit Warktüüg leeg `n Huusdöörschild. Messing! Fein ingraveert: „Ludwig van Beethoven, Komponist“. Würklich wohr! Beethoven! Twee Euro! Wokeen sik so`n Döörschild maken laten hett? Un wotau? Miene Fru will mi nu to Huus fastholen, dat se op`n Flohmarkt alleen söken kann. Brüng güstern `n Book mit: „Basteln mit Klorollen-Röhren“! Ok wenn de Bustoff ümmerto na kümmt, warr ik mi dörch de 30 Sieden in Roh dörch klütern. Denn ehre Schangs, mien „Beethoven“ to toppen, de tendeert gegen Null!

De niee Schrift

Uns Kinner seggt, ik heff ümmer wat to meckern. Aver nimm maal Football-EM oder -WM. De Spaaß hett bi mi dütlich afnohmen. Wegen de niee Schrift op de Trikots. Jo, ik heff Möh, de Namens to lesen. Un dat schall anner Lüüd ok so gohn. Poor Bookstaven kannst du kuum ünnerscheden: D un O nich, R un A, H un X ok nich. Besünners opfällig is dat bi Julian Draxler. Sien Naam künn man – würklich wohr – in twintig ünnerschedlich Versionen lesen. Vun Darkler bit hen na Oaaxlea. Segg maal, hebbt de bi`n DFB een an de Marmel? Druckbookstaven schütt Klaarheit schaffen, heff ik maal lehrt! Ik müss ümmer op den Rügg vun uns Helden kieken! Kunn mi gor nich recht op dat Speel konzentreern! Wat ik maakt heff? Ik heff mi slau maakt. Beten telefoneert, Internet usw. Weetst wat ik to hören kreeg? „Ja, die Typografie ist zugegeben sehr modern und bisher wenig präsent." Un wieldat de WM jo in Russland lööp, weer een Impuls ok de traditionelle sowjetische Symbolik. Ja, un de

Schrift schall opfallen un emotschonaal över diskereert warrn. Na, denn bün ik jo op den richtigen Weg! Aver Sluss mit Lustig! Toletzt harr ik so`n Design-Fachmann an`t Rohr. An sien Satz heff ik ümmer noch to knusen: „Inspiration für die Buchstaben waren kubistische Häuserblöcke aus der Vogelperspektive!“ Hä? Ja, Lüüd, deit mi Leed, aver dor kunn ik mi dat nich verkniepen un heff ganz rohig seggt: „Nu ward mi dat ok klaar, ji hebbt `n Vagel!“

Verkehrtes Sülvstbild

Ik schall torüch ropen! Ohhh, Schiet! Stünnenlang höör ik al: *Please hold the line... Bitte warten Sie... Musik!* Schall ik mi dor över opregen? Nee! Gottloff höör ik jo to de rohige Sort. So richtig suer warrn, kümmt nich vör. Nee! Ut de Huut föhren, wat bringt dat? Bloodhoochdruck! Un nützt jo sowieso nix. Ümmer kolen Kopp, deep Luft holen, de Contenangs nich verleren. Liekers, eenfach wegschuven, wat mi argert, will ik ok nich. Wat nervt, mutt ik ok seggen! Bloots nich in Raag kamen. Klapp holen, villicht `ne Nacht över slapen, dormit ik nich impulsiv, villicht noch agressiv reageer. Du, wenn de Emotschonen hooch scheet, `ne Eruptschoon is jo nie ganz uttoschlüten. Un ik mag keen Minschen mien Arger in`t Gesicht schreen. Nee, lever liesen, fründlich, entspannt, as dat so miene Oort is, ümmer mit `n gewisse vörnehme Distanz. *Please hold the line.*
Puh du! ... Okay. `n beten bliev ik noch an`t Rohr. *Bitte warten Sie!* Un wedder Musik!

Un noch maal vun vörn. Dammi noch maal to! Aver so snell laat ik mi de Luun nich verdarven. *Bitte haben Sie noch etwas Geduld.* Klei mi doch! To`n verrückt warrn, sowat! *Unsere Mitarbeiter sind zur Zeit alle im Gespräch.* Nu langt dat! Ik heff de Snuut vull! *Please hold the line!* Nix, ik bliev nich in diene beschetene Leitung! Nu is Sluß! Doofköpp, Idioten!, Morslö… na ja. De köönt mi maal! Düsse Ossen! – Mien Fru ganz rohig: „Wo du graad vun Ossen snackst. Geihst jo dörch as`n Oss, de dat Gras nich freten, sünnern smöökt hett. Findst dat cool? De Ünnerscheed twischen dien egen Bild un dat, wat de Annern över di denkt, lütt is de nich!“ Warr ik noch surer! Suer maakt lustig. Aver wokeen will ümmer lustig sien, ik nich!

Du mi ok!

„Ik heff di leef“, so seggt man geern,
„Ik di ok – ganz dull“,
sustert denn so`n junge Deern,
dat Hart vun Leev so vull.

Denn ward man öller,
de Tied geiht gau,
de Leev ward köller,
ok schon maal mau.

„Ik heff di leef“, de Wöör ward roor,
de Toon ward ruger, deit mi leed,
un vun de Leevslüüd hörst` sogor:
„Du mi ok“! – Nu weetst Bescheed!

Schüffel vör de Döör

De Schüffel vör de Döör stellen, dat bedüüd jo „een rutsmieten“. Un wenn ik so wiedermaak, warr ik wull bald rutsmeten. Kiek maal, güstern weer ik richtig flietig. Heff föffteihn Löcker op`n Rasen buddelt. All so sösstig cm deep. Toeerst de Grasssoden utsteken, de Eer rut. Heff mi düchtig afmaracht. Wat to drinken dorbi, heff jo bannig sweet. Ja, wenn ik in mien Goorn togang bün, heff ik gode Ideen. Dusselige Ideen, seggt miene Fru!
Sogor, as ik letzt `ne ole Dackrünn ut`n Schuppen hoolt, op`n Rasen leggt heff un dor `n funnen Golfball ümmer dörchlopen lööt. Geev so`n feinen Klang: Ssssss! Un ik heff mi `n Stohl un `n Buddel Beer dor neven stellt un harr `n schönen Nameddag. Sssss, Sssss! „Du musst doch een op de Luuk hebben“, schüttkoppt mien Fru. Un denn ward se ok maal luut. „Hest` nix anneres to doon? Unkruut rieten, de Weeg rein maken. Schall ik dat allens maken?
De Idee för dat Buddeln harr ik ut Dänemark.

In de däänsche Südsee gifft dat `ne lütte Insel: Strynö. 200 Bewahners. De hebbt för allens `n Vereen. Un dor gifft dat den „Löcker-Utheven-Club“. Wat maakt de Lidmaten? Se heevt Löcker ut, schütt se wedder to un drinkt Beer. Nadem ik dat nu utprobeert heff, maal sehn, of ik in uns lütt Dörp nich ok Interessenten dorför finn. De ward mi jo villicht nich so afspiesen as miene Fru. Du, se hett würklich andrauht, dat se mi denn ganz seker de Schüffel vör de Döör stellt.

Hitte Daag un Mordgedanken

Ik glööv, to vele hitte Daag maakt agressiv. Gottloff kaam ik jo nich so licht in Raag. Liekers, letzt harrn ok Valiumpillen nix nützt. Füng so an: Avends noch 35 Graad. Mit Navers grillen, Beer drinken, snacken. Dat de Rasen nu geel ward, un över dat richtige Geten hebbt wi uns al in de Wull kregen. Un denn schimpte Gerd mit hoochroden Kopp, dat he düssen Sommer mit de Mullwarps soveel Arger hett. „Liggt allens bloots an de Warmnis!“ „Du, ha“, lach ik, „de krömelt di doch schöön de Eer dörch. Kannst de Hupens för diene Rosen nehmen. He levert di den Mull, lockere Eer – Nomen est Omen! Dorför dörv he sik ünner diene Grasnarv sien Eten söken. Win-Win-Situatschoon! Mehrwert för beide Sieden! Twee Daag later – dat Sweten güng wieder – hett he mi to Hölp ropen. De ole Dullkopp harr sik mit sien Daimler fastföhrt. Wo? In sien Goorn. Mang de Beten! Würklich wohr! Worüm? Harr `n Slauch an Utpuff fastmaakt un in een Mullwarpshupen steken.

Un dor, Mannomann, dor heff ik mi opreegt. Blooddruck 180! Mien Fru ümmer: „Betähm di, bliev rohig, bliev rohig! Denk an de Hitten! „Gottsverdori!“, güng se mit mi dörch. „Bi so`ne Ideen dor kannst jo op Mordgedanken kamen!“ „Nee, nee“, rööp Gerd schienhillig, ik will den Swattpelz jo nich ümbringen, bloots verdrieven!“

Na ja, mit `n Trecker hebbt wi dat Auto ruttrocken. Twee Stünnen rümklütert! Kannst jo `n Naver nich mit sien Malöör alleen laten. Al gor nich, wenn em de Hitten to Kopp stegen is. Kann he jo nix för, oder? Aver schöön, dat dat nu endlich maal wedder `n poor Daag geev, de nich so hitt weern. För männicheen Kopp is dat beter!

Speck op de Rippen

Mien Leven lang kämp ik al gegen de Kilos. Kaam ok schon maal an de kritischen 80, miene persönliche Grenz. Wenn ik veel an`t Joggen un vegane Rieden bün, freut sik nich bloots de Waag. Maal hooch, maal rünner. Kenn ik gor nich anners.

Och so, veganes Rieden – unbekannt? Dat is Radfohren. Aver ik versöök ok – `n Woort vun mien Fru –„tageslichttauglich“ to blieven.

Idealgewicht? Harr ik noch nie. As lütte Buttjer al `n swore Jung mit den Ökelnaam „Dicki“. Jo, mien Fru röppt mi hüüt noch so. Gottloff heff ik nich bloots `n lütten Swümmring op de Rippen, nee, ok `n dick Fell. Sowat prallt an mi af. In de Werbung snackt se ok nich mehr vun Övergewicht. Männer mit Format heet dat hüüt. Richtig so! Lever `n beten Speck op de Hüft as Nulldiät in Kopp! Schiet op Perfekschoon! Schall ik denn vun knusprige Braatwuss, Gööskünl, Kantüffelpuffer oder Sahnetort ganz aflaten? Keen schöön Glas Beer, maal `n sülmmakten Eierlikör? Knäckebrood un Water? Diät? Jo, di eet ik ok noch. Nix dor! Man kann so`n T-Shirt jo ok `ne Nummer grötter köpen. Woody Allen hett seggt: De Minsch leevt nich vun Brood alleen, na `ne Wiel bruukt he `n Drink. Sowat gefallt mi. Un wenn in de kole Johrstied `ne lecker Specksupp op`n Disch kümmt, mmh! Achterran mit den vullen Buuk op Sofa `ne Stünn in`t Suppenkoma fallen. Is dat nix? Ja, so geiht dat op un daal mit de Kilos. Een Dag Swiensbraden mit Knödel, dree Daag Salotteller. So kann ik ok Festdaag enigermaten ohn noch mehr Bonuspolster good överstohn. Un wenn ik denn vun toveel Gröönfudder doch maal `ne lütte Ernährungskries krieg, huul ik heemlich af. Ik weet jo woans de Wustbood steiht. Un dor schuuv ik mi twee Currywuss rot-witt mit Pommes rin. Wunnerbor! Aver verraad mi nich!

Schwäbsche Austern

„Week-Ei!“ seggt Sportkolleg Holger. Jo, ik heff `n wekes Hart. Sünnerlich wenn dat üm Deerten geiht. Ümmer wenn ik op miene Jogging-Tour go, heff ik Probleme. Un wenn dat vörher regent hett, wasst de mi övern Kopp.
So as Sünndag. Kuum loszuckelt langs den Radweg, dor müss ik Leven redden. Ja! Nützt nix! Müss mi na de velen Snicken bücken, de sik afmöhten, över den natten Weg to krupen. Kannst jo nich tolaten, dat ener dor op pett oder `n Rad över weg neiht. Süht nich ut un wichtig för dat Ökosystem sünd se jo ok. Wat möök ik? De Deerten een na`n annern in Knick sett. Dumen hooch! Holger meent, mi fehlt dat an Sinn för sportliches Vörankamen. „Du musst doch een op de Luuk hebben“, schimpt he, „hest sowat doch fröher nich maakt.“ Ja, fröher güng dat anners to op miene Loopstrecken. As Jungkeerl bün ik jo na de Klock lopen. Rekordjagd! Un ümmer, wenn ik `ne Snick op`n Weg seeg: Ogen to. Worüm?

Ja, worüm wull? Stoppuhr! Mien slecht Geweten piert mi hüüt noch! Un Sünndag weer ik anstatts na ene Stünn, wegen de vele Hölpsarbeid, wedder eerst na twee Stünnen to Huus.

Mien Fru: "Na, bi de sliemig Deerten wedder den Levensredder speelt? Un vergeten, wat anliggt? Wi sünd doch hüüt to`n Eten inlaad. Gifft Schwäbsche Austern! Spezialität! Nu beiel di!"

Weetst wat wi vörsett kregen? Jo, schwäbsche Austern. Aver ... dat sünd Snicken!! Wienbargsnicken!! Uns Frünnen sünd ut dat Schwabenländle, dor eet se so wat. Leider kreeg ik kort vör`t Eten – miteens – Rügg, Nierensteen, Virus… wat weet ik. Müss mi in ehr Gäst-Stuuv henleggen, kunn nix eten. Höört heff ik, dat mien Fru sik an Disch ümmerto schienhillig op `n Buuk kloppen dä un luut „lecker, lecker" rööp. Na, ja!

BH mit Sensor

En Büstenhalter mit Sensor? Ja, kannst du nu köpen. BH mit Sensor! De Sensor markt, of dor wull echte Leev in`t Speel is, wenn een den BH ophaken will. He mitt, wat dor noog Dopamin utschütt ward bi dat Speel üm de Leev. Un bloots denn lött sik de Versluss ophaken. Würklich wohr! Wenn de Hormon-Konzentratschoon nich henhaut, kriggst den Versluss nich apen. Afsparrt!
Över „Hightech", „Internet der Dinge", „Vernetzte Dienstleistungen", ward jo veel snackt. Dat de Köhlschrank markt, of de Melk leddig oder de Joghurt slecht worrn is, un he schrift dien Inkopszeddel oder he köfft sülm in. Un dien Auto föhrt alleen un seggt di, wat achter de neegste Kurv op di töövt. Un uns Leven ward eenfacher un beter!
Fröher hebbt wi uns Geschichten vun de Heinzelmännchen un vun Niss Puk vertellt. Man kunn se nich sehn, aver se hebbt allens erledigt, wat de Menschen nich schafft hebbt. Un nu is dat Realität!

Ik weet, vele hebbt Schiß vör den Fortschritt. Aver Schiß, dat man bi de verrückte Geswindigkeit starvt, harrn de Lüüd bi de erste Iesenbahn ok. Den kloken BH hett en Dessoushop in Japan op`n Markt bröcht. Verstoh mi nich verkehrt. Wenn mien Rasenmeiher-Roboter mit mien Huulbessen besnackt, dat de Koffimaschien maal wedder digital de Blomen geten mutt, denn finn ik dat eenfach bloots super! Man, wenn en japaanschen Heinzelmann mi nu vertellen schall, wannehr ik bi mien Fru den BH apenkrieg – du, dat düicht mi doch noch `n beten fehleranfällig.

Vun wegen herrenlos

Ik segg, ik heff `n kredeligen Geist. Mien Fru seggt, ik bün `n Quarkbüdel. Aver dat mutt ik würklich mit Nadruck torüch wiesen.
Letzt in`t Radio. Narichten: Herrenloser Koffer löst Chaos aus. Naher stellt sik rut, he weer nich bloots herrenlos, nee he weer ok noch afslut harmlos. Weern Kleder, Strümp un Blusen binnen. Un de Fru hett sik ok meld.
Jo, denn reeg ik mi op. Wat heet egentlich herrenloser Koffer? Oder herrenloser Hund? Fraagt se in`t Krüüzwoortradel jo ok geern na. Un denn kümmt dor mit acht Bookstoven Streuner oder mit twölf Straßenhund hen. Dat is doch Diskriminierung vun en unschullig Wauwi. De jo wull ok `n Frauchen hebben kann.
Uns niee Naver keem letzt anscheten un fröög, wem dat ole herrenlose Domenfohrrad dor bi uns op`n Footstieg höört. „Dat is nich herrenlos“, heff ik em – villicht `n beten scharp – klook maakt. „Herrenlos weer dat jo eerst, wenn dat keeneen höört. Mit dat Rad föhrt uns Tant Alma.“

„Ja, nix för ungoot“, heevt he beide Hänn, „denn bün ik berohigt, denn is dat jo doch nich herrenlos.“
„Nee, is dat nich, aver nich wegen Tant Alma“. „Se is herrenlos, de ole Koor nich! De lehnt se sik bi mi ut, wenn se wat besorgen mutt. In düssen Fall bün ik de Herr!“
Ik weet, mennigmaal goht se mit mi dörch, denn finn ik nich ümmer den passlichen Toon. He keek mi verdaddert an un schööf af.
Jo, vun wegen herrenlos! Herrenlose Kuffer, Hund, Fohrrad. Ik bün för Klaarheit in de Spraak! Ik sluuk nich allens kritiklos, al lang nich, wat se uns in`t Radio so vörsett. Nee! Nix!

Vun Kinner un junge Lüüd

Friedags-Demo

„De jungen Lüüd, de kriegt doch nix mehr op de Reeg“, höör ik de Olen schimpen, „keen Respekt un scheert sik üm nix. Ik mutt gestohn, ik heff mi ok schon maal fraagt, wat de Jungen hüüttodaags beweegt? An wat se sik orienteert, wat wichtig is? Grönemeyer singt „Kinder an die Macht!“ Denk ik ümmer an, wenn ik wat vun „Fridays for Future“ höör – de Demos för `n betere Tokunft. In Gang sett vun Greta Thunberg, schweedsche Deern, sössteihn Johr. Se is opstohn un snackt Klaartext: „So kann`t nich wiedergohn, wenn wi den Globus retten wüllt. Wi Jungen hebbt de Nääs vull dat veel to wenig, to langsam oder gor nix doon ward gegen den Klimawannel. Driefhuusgas weltwiet to hooch schient bloots wenige eernsthaftig to kratzen. Globale Warmnis geiht flott vöran, hitte Tieden bedroht de Eer. Iesbargen ward lütter, Söötwaterreserven buut af. De Meren stiegt an. Veel sneller as Prognosen seggt hebbt.“
„Dat geiht üm uns Tokunft.“ steiht op Trans-

parente, de Kinner un junge Lüüd hoochhoolt. Dusende vun Schölers goht friedags nich in de School, se goht op de Straat. Streik un Demos för dat Klima an de Adress vun Politiker op de ganze Welt. Tostimmung bannig groot, klaar ok Kritik – vun wegen Schoolschwänzen. Aver is dat nich Opgaav vun de Jungen, dat Ole in Fraag to stellen, Damp to maken wenn`t nich löppt? Wat nützt de Schoolbildung, wenn uns Eer bald in de Grütt un weltwied nich bloots dat Licht ut geiht?
Wat singt Revolverheld: Ich lass für dich das Licht „*an*“! Lüüd, wenn vör Millionen Johren nich `n poor Fisch to ehr empörten Öllern seggt harrn: „Wi hebbt de Nääs vull, wi goht an Land“, wörrn wi hüüt ok ümmer noch ünner Water rümspaddeln. Wenn dat man nich wedder allerhöchste Tied is, niee Weeg to gohn?

Dörch solten Wieschen

Wat güng mi dat so himmelhooch,
mit Vadder morrns dörch solten Wieschen.
Kreeg nie un niemaals dorvun noog,
höör Kievittropen, Mövenkrieschen.
Wat güng mi dat so himmelhooch,
mit Vadder morrns dörch solten Wieschen.

Dat natte Gras, de Morgendau,
de See, de Kimm. Dor kümmt de Sünn!
Un Vadder sä: „Pass op un pau,
nich op de Pögg, se sünd uns Frünn“.
Wat güng mi dat so himmelhooch,
mit Vadder morrns dörch solten Wieschen.

Mit barfte Fööt un Wannerstock,
op Tour sünd ok de lütten Gnidden
De Swärm ssss-suust üm en Waterlock.
Dor stünn `ne Bank, dor güng`n wi sitten.
Wat güng mi dat so himmelhooch,
mit Vadder morrns dörch solten Wieschen.

Adbaar staakt to Foot an`t Siel,
söcht wat to spachteln – Fröhstückstied.
He gluupt, he luert, steiht still so piel.
Mien gröne Fründ nu is`t so wiet,
nu geih`t för di na`n Himmel hooch
fröh morrns in de solten Wieschen

De Schoop, noch Spinnweew op ehr Fell,
se kalvert rüm, goht wild to Kehr,
de Sünn pliert över`t Water hell
un blend mi, doch ik rüük dat Meer!
Wat güng mi dat so himmelhooch,
mit Vadder morrns dörch solten Wieschen.

De solten Wieschen, hüüt achtern Diek,
de Kinnertied so lang al her,
torüch to kieken dat maakt riek!
Vadder, Wieschen, Ruch vun`t Meer
Krieg nie un niemaals dorvun noog
Wat güng mi dat so himmelhooch,
mit Vadder morrns dörch solten Wieschen.

Dat Märken vun Waternix un Kugelfisch

Wenn uns Enkelkinner bi uns slaapt, denn mutt ik `ne Gode-Nacht-Geschicht vörlesen. An`n leefsten en Märken. Se kööont denn beter slapen, seggt se. Letzt weern se aver nich so recht inverstohn mit dat, wat ik vörlesen wull. „Wat mutt denn in en Märken vörkamen, dat ju gefallt? Köönt ji jo maal opschrieven. Ik bastel denn för morgen `ne Geschicht dorto.“
Na, dor harr ik wat seggt. Eerstmaal hebbt se sik streden. As se sik eenig weern, stünn op`n Zeddel: Vörkamen schüllt Kinner. Kinner de sik verdreegt. Ehr Kommentar: „In een Märken geiht so wat jo“. Denn noch en Pups un ganz wichtig, Johrsringe, as de Bööm dat hebbt. Harrn se in de School över snackt. En Kugelfisch mutt rin un `ne Waternix. Un gefährliche Bakterien. Dorvun harrn se in de Narichten wat hööört. Ok noch `n lütt Swien, `n Farken. Un to`n Lachen mutt dat ok sien.
Mit de acht Ideen, dor seet ik nu mit an. Aver versproken is versproken. Bit deep in de Nacht

ik an mien Schrievdisch, den Zeddel mit de Steekwöör vör de Nääs un gruwelt! Brave Kinner, Pups, Farken, Johrsringe, Kugelfisch, Waternix, Bakterien, Lachen. Ohaoha!
Negsten Avend sünd se vun alleen in de Puch kropen. Den Zeddel vör de Nääs. Vun wegen Kontrolle! „So, bitte Wunschmärchen vorlesen!“ Un ik harr Premiere: „Dat Märken vun Waternix un Kugelfisch“:
Dor is maal en Geswisterpoor wesst. Lütte Jung, lütte Deern. De beiden hebbt sik nümmer streden. Egaal, wat passeern dä. Wenn se tosamen speelt hebbt güng dat rohig to. Nie en böös Woort. Wenn se wat in Flimmerkassen sehn wullen, weern se sik enig. Wenn dat Naschies geev, se hebbt reell deelt. Wenn se Böker bekeken hebbt, ümmer tosamen. Wenn se avends in de Baadwann seten, hebbt se fein speelt. Sik nich nattsprütt, nich argert, nich in de Hoor trocken. Se weern braav, en Hart un ene Seel. De Öllern vun de beiden weern glücklich. Bloots de Grootvadder, de fünn dat gediegen: „Kinner, de sik nich striet, dor stimmt wat nich“. „Aver uns Kinner sünd de besten op de ganze Welt“, hett de Vadder seggt. „Se kennt keen Striet“, sä de stolte Modder. Güng lange, lange Tied so. Un denn keem en Avend, dor weer dat vörbi. Uns

beiden oordigen Kinner tosamen in de Baadwann an`t Spelen. De Deern wascht ehr Popp de Hoor, de Jung is Kaptein op sien Legoschipp. Lött den Schippsmotor örnlich tuckern: „Kantüffel – Kantüffel – Kantüffel!" Dat sik so en Dieselmotor anhöört, hett Opa em bibröcht. Opa hett sik dat in de Baadstuuv op den ooltbackschen Holtstohl kommodig maakt. He passt op. Aver nich so richtig. Worüm ok? De Kinner verdraagt sik jo. He hett de Zeitung vör de Nääs. Opa hett ümmer `ne Zeitung vör de Nääs. Bi`t Fröhstück, sogor bi`t Feernsehen un op Klo. Dorüm, seggt de Kinner, weet Opa ok allens.
Opmaal bölkt de Deern: „Opaaa! He hett ünner Water pupst"! Opa hööрt nix. He lisst de Zeitung. Un wenn Opa lisst, denn hööрt un süht he nix.
„Opiii, hörst du denn nicht? Unter Wasser gepupst"! „Wat, wat is?" Opa schuult achter dat Blatt vör. Se: „He weer dat! He is en oles Farken!" „Och, miene Lütte, kiek maal, dat kann jo nich stimmen. En Farken is nich old. Weer jo sünst keen Farken. Is jo dat Lütt vun `ne Söög. En Farken sett sik ok nich to`n Baden in `ne Wann un pupst ünner Water. Süh, un dorüm kann dien Broder ok keen Farken sien. Un nu speelt man schöön wieder."

„Aver maakt hett he dat liekers!" röppt se un haut mit de lütte Fuust vergretzt in dat Water. Opas Zeitung kriggt natte Sprütten. He kickt över sien Brill. Wat is los? Gifft dat nu Striet? Sowat kennt he jo vun de Enkels nich.

„Also, mien Jung, dat höört sik nich, wenn een mit sien Swester tosamen in de Wann sitt. Klaar?" Opas Zeitung geiht wedder na baben. Fief Sekunnen is Roh: „Ik bün en Kugelfisch!" bölkt de Jung, „en ole kranke Kugelfisch! Mit ganz veel Luft in den dicken Buuk. Un dorüm mutt he pupsen. Sünst platzt he!" He dükert ünner, kümmt op ehre Siet vun de Wann hooch. Un dat he dor nu opdükert, dat is ehr nich na de Mütz. „Stopp! Hier is mien Meer", spektakelt se, „hier wohnt de Waternix. Bliev du ole Kugelfisch in diene Hälft! Du büst krank un sleepst gefährliche Bakterien in mien Water." Un de Nix püüstert den Kugelfisch torüch op siene Siet. Dat sprütt, spütt un gütt. Opas Zeitung kriggt noch mehr Waterplackens. Schullen de beiden doch normale Kinner warrn? Kinner, de sik ok maal in de Wull kriegt? De Jung juchheit: „Voll cool! Nu sünd Bakterien in ehr Water! Un pupst nu allens vull. Ha, ha!" De Ogen vun de Deern blinkert gallig. „Opa, köönt Bakterien överhaupt pupsen?" Opa leggt de Steern in Folen un dat

Blatt tosamen. „Mmmh, `ne swore Fraag. Weet ik nich. Heff ik noch nix vun leest.“ Un nimmt de nattswallte Zeitung wedder hooch. Deit so, as of he dor in`t Blatt wat över finnen künn.
De Jung fangt an to summen. Melodie vun „Weißt du, wieviel Sternlein stehen?“
Un singt: „Ja, Bakterien, de kööönt pu-hu-pen, so en Pups is nich to sehn, de kann sik so fein verkru-hu-pen, un de Kugelfisch lacht sik een!“ Un denn lacht de Kugelfisch sik een. Toeerst fangt he an to gnickern un gluckern. Un pruust un gackelt. Höört gor nich wedder op. Dat steekt an. Nu lacht ok de Waternix mit. Un toletzt Opa ok noch. Knüllt de dörchwekte Zeitung tosamen un markt dat gor nich. Kriggt sik nich mehr in. „Oh Mann“, japst he, „ophören! Nich, dat sik de Waternix un de ole Kugelfisch noch doot lacht. Wo, ha, ha, wo, ha, ha, wo old is he denn egentlich, dien ole Kugelfisch?“ „Kene Ahnung,“ snappt de Jung vör Lachen na Luft, „an wat kann man dat Öller bi en Fisch denn erkennen“? Bevör Opa antern kann, bölkt de Deern los: „Ik weet dat! An de Johrsringe, an de Johrsringe! So as bi een Boom. De mutt man tellen. Wi mütt em dörchsnieden!“
De Jung blafft: „Tüffelige Nix!“ Un hett sien Süster nich bloots `n Vagel zeigt, nee, ok noch

mit de Hand vör de Steern so as `n Schievenwischer maakt. Se de Nääs hooch: „Pfffh“, un de Popp noch maal düchtig den Kopp wuschen. He lött sien Schipp noch `ne Runn dörch de Baadwann dreihn: „Kantüffel – Kantüffel“… Jo, Kinner, un wenn de beiden nich storven sünd, denn speelt se ümmer noch tosamen in de Baadwann.

So, Wunschmärken to Enn.

Bit op Kichern un Glucksen bün ik vun de Lütten nich eenmaal bi`t Vörlesen stöört worrn. Op den Zeddel mit de Steekwöör hebbt se fein ehre Wunschthemen afhaakt. Pemierenbifall! Un vun wegen, na`t Vörlesen köönt se beter slapen. Nix! Noch lang heff ik se vun Waternix un Kugelfisch rappeln hööört. Slapen hebbt se twee Stünnen later noch nich.

Kinnerfragen

Good Nacht, mien Kind, du fraagst mi liesen,
wo wiet köönt Bomben flegen?
Un Präsidenten, sünd dat Riesen?
Un ik, ik dörv nich legen.

Worüm du jung büst – un ik old?
Un Unkel Karl noch öller.
Woso is diene Nääs so kold?
Un diene Hand noch köller?

Hett Oma mi ok liekers leef,
wenn ik maal gramstig ween?
Worüm geiht Opa ümmer scheef?
Hett he verschieden Been?

Wokeen hett för uns Kinnergoorn
denn Slötel för de Dööör?
Worüm hett Jan so grote Ohrn?
Wat leest du mi hüüt vör?

Wenn geiht mien Holtauto maal twei?
Wo lang köönt Minschen leven?
Worüm fleegt Sebbers bloots in Mai?
Un wokeen kümmt in Heven?

Of Uropa dor baven is?
Un dor nu Speeltüüg maakt?
Un is dat würklich wohr un wiß,
dat de Engels för em kaakt?

Wenn ik an`t Bett so bi di huuk,
denn is uns Welt so bunt,
un du fraagst mi `n Lock in` Buuk:
Woso hebbt wi keen Hund?

Woso deckst du mi dreemaal to?
Meenst du, dat ik sünst freer?
Dörv ik noch eenmaal flink op Klo?
Wo kaamt de Kinner her?

Ik spöör een sinnig Glück so deep,
dat sünd de schönsten Daag,
wenn bloots de Tied nich so gau leep,
glieks kümmt de neegste Fraag:

Worüm hebbt Treckers groote Rööd?
Un Tante Gigi rode Hoor?
Löppt ene Slang mit ohne Fööt?
Worüm is Iesen swoor?

Wat will de Fleeg dor op de Deek?
Speelst du ok morgen weer mit mi?
Üm`t Hart ward mi so egen week,
de Steern strakel ik di.

Un worüm ward dat avends düster?
Wokeen maakt dat de Maand hoochstiggt?
Löppst du mit mi bald weer Lapüster?
Wokeen maakt in de Welt dat Licht?

Geiht allens op de Eer kaputt?
Philipp seggt, duurt nich mehr lang.
Uns Sandkist is ok al in Dutt.
Du, dat maakt mi so dull bang!

Paßt du noch op, wenn ik groot bün,
dat ik nich ümmer Scheiße segg?
Un worüm geiht de warme Sünn
jedeen Avend weg?

Wo geiht dat na Australien lang?
Worüm bün ik noch kleen?
Woso is mi in` Düstern bang?
Löttst du mi glieks alleen?

Ik anter – un denn segg ik sacht,
kumm, nimm dien Kuschelpopp,
bit morgen fröh de Sünn weer lacht,
paßt de leve Gott nu op.

Erste Hölp un de Goldfisch

Letzt heff ik `n Erste-Hilfe-Kurs maakt un de lütte Deern vun nevenan wull weten, wat ik lehrt heff. So füng dat an. As ik Sünndag de Algen ut mien Goorndieck rut keschert harr, heff ik den Kescher nich glieks rein maakt. Un mark eerst later, dat dor en lütte Goldfisch mit twischen weer. He weer al böös maddelig, aver `n beten Leven steek noch in em. De Deern keem dorto: „Oooh, wat nuuu? De aaarme Fiiisch!"

Wi hebbt em wedder in Diek sett, aver he keem nich mehr recht in de Gang. Dwallerte so rüm, Buuk na baben. Mi hett he ok leed doon, aver wat schull ik maken? De Lütte lööt nich locker. „Du musst Herzmassage machen, Atemspende von Mund zu Mund". Un denn willst du jo nich, dat so`ne söte Popp `ne Flapp treckt. Un ik den Fisch eerstmaal mit twee Fingers an Buuk rümgrabbelt – Herzmassage! Na ja! Na, ik will dat afkörten. De Disku-schoon güng wieder. Mien Fru nu ok fix mit

dorbi. Ehrfurcht vör`t Leven, ethische un moralische Plicht, weern de kloken Wöör. Un to`n Sluß sünd wi dree mit den Fisch in en Honnigglas na`n Tierdokter föhrt. Gesund maken kunn he den Patienten nich.
De Deern: „He schall sik nich quälen!“ De Sprütt hett 42 Euro kost – Gebührenordnung für Tierärzte. Klaar weern wi truurig. Ok dat mien Erste-Hölp-Kurs dor nich recht wieder holpen hett. Tja, aver Kinner markt sik mehr, as man meent.

Rietslüter smeckt nich

Wi föhrten mit den ICE vun Hamborg na Köln. Miene lütte Enkelin, 10 Johr, un ik. Se harr mi kort alleen laten, wieldat se sik in den Spieswagen wat köpen wull. Un denn keem se torüch un rööp al vun wieden. „Opa, weetst du wat? Rietslüter smeckt nich!" Na ja, ik will nich legen, se hett dat `n beten drasdischer utdrückt. Un ok op hoochdüütsch. Se rööp mit Nadruck: „Reißverschlüsse schmecken scheiße!" Un ik glieks: "Deern, du schasst dat Woort doch nich seggen!" De eersten Lüüd rundrüm keken al. Un denn wörr mi eerst klaar, wat se mi mitdelen wull. Reißverschlüsse schmecken nicht. Wat heet dat denn?
Klaar, ik weet, dat de Lütte bannig veel Phantasie hett. Un sik mennigmaal Geschichten utdenkt, de, de, – na wat schall ik seggen, de an de Realität so`n beten vörbi goht. Köönt vele nix mit anfangen. Ik finn so wat good. Ik spinn mi jo ok geern sülm wat tosamen. Aver wat weer dat nu mit den Rietversluss? Müss ik

jo nahaken. Weer aver nich so eenfach. „Du, ik wüss gor nich, dat man de eten kann. Un de schüllt nich smecken? Kann ik mi gor nich vörstellen.“ „Wieso, Opa, hast du denn noch nie `n Reißverschluß angeschmeckt?“ „Och jo, – jo, jo, doch. Fallt mi nu wedder in. Na klaar, de hörten fröher mit to miene besten Mahltieden. Harr ik bloots vergeten. Is jo lang her. Besünners de dicken korten, de much ik an leefsten. De, wo de Zacken, de Tähn, groot sünd un wiet utenanner stoht. Lecker!“ De Deern keek mi lurig an. Grient so ´n beten. – Un denn hett se dat Speel mitspeelt. „Ja, genau“, antert se ganz eernst, „die mag ich auch gerne. Man kann die einzelnen Zähne so gut auslutschen. Gibt nix Besseres! Und dann noch das Ding zum Rauf- und Runterziehen, mhmhmh! Bischen Zucker rauf. Oder noch besser und leckerer: mit Ketchup und Curry! Echt cool!“

Nu güngen all de Köpp vun de Mitreisenden hooch. „Ja“, heef ik den Finger, „du hest Recht. Is lang her, dat ik so wat Feines eten heff. Laat uns man in Köln so`n poor Pund Rietverslüss inköpen. Nehmt wi Mama un Papa mit. De freut sik ok, wenn se sik maal so`ne Spezialität in de Pann hauen köönt.“ Uns Sittnavers op de anner Wagensiet stekten de

Köpp tosamen un füngen dat Tuscheln an. Na, nu wull ik dat jo op de Spitz drieven. „Ik heff noch `ne betere Idee," strakel ik de Deern över de Hoor, „wenn wi ankoomt, dat weet ik noch vun fröher, dor gifft dat achtern Bahnhoff en Lokal, dat heet `Zum Zipper´. Dor ward wi uns glieks `ne anstännige Portschoon Rietversluss bestellen. Gifft dat dor sogor mit echt kölsche Heringsstip". „Oh, Opa, du bist der Beste", freut sik de plietsche Deern. Hoffentlich sind wir bald da. Ich freu mich schon so darauf!
Wenn ik mi nich irrt heff, sünd nu de eersten Fohrgäst opstohn un hebbt sik annerswo `n Platz söcht. Wat se harrn, weet ik nich! Uns weer dat ok egool.
Later heff ik noch maal över de ganze Geschicht nadacht. Över uns lütt Spijöök dor in Toog. Lüüd, is dat nich wunnerbor, wenn wi uns Phantasie so lopen laten köönt. So dormit spelen köönt. Un an Allerbesten geiht dat mit Kinner.
Och so! Wat weer dat nu würklich mit den wenig smackhaften Rietversluss dor in Toog? De „scheiße" smeckt hett. Is jo egentlich snuppe, nich? Wat de Deern mi vertellen wull, as se ut den Spieswagen torüch keem? Se harr sik dor `n Ies köfft un sik dat bi`t Slecken op den Rietversluss vun ehr Strickjack kleckert. Na ja,

un denn hett se dat Ies dor wedder rutlutscht. So eenfach füng de Geschicht an. Un hett uns beiden denn – Enkeldochter un Opa – so veel Spaaß maakt. Wi hebbt uns in den ICE, bit wi in Köln weern, ümmer noch maal wedder scheef lacht. Kuum dor ankamen sünd wi stantepee to`n Eten gohn. In dat Restaurant achtern Bahnhoff. „Zum Zipper". Spezialität: Reißverschluß mit Heringsstip! Glöövt ji mi dat nich? Vun wegen Tüdelkraam! Is würklich wohr!

In de Kniep

Ohrkniepers Dochter knippt mit` Oog,
gifft so en Keerl en Teken.
De hett nich knepen, kene Fraag.
Dat Lütt kümmt in veer Weken!

Slechte Tieden

Geiht nich, gifft nich, seggt de Koh,
de Tieden sünd nu so,
maak ut mien egen Fell de Schoh,
bevör ik barfoot go!

De Worm un de Sünn

Krüppt ut de Eer, vun ganz deep ünnen,
an`t helle Licht – will he sik sünnen?
He is noch jung, eerst körtens boorn,
liggt in de Sünn bi mi in Goorn.

De dröögt em an, nu drauht Gefohr,
un op`n Stutz ward em dat klaar:

een Pierratz naakt in Sünnenschien
döggt nix, dat laat man lever sien.

Un kort vör so een Hittenschock,
bohrt he mit letzte Kraft `n Lock,
slängelt sik rünner in de Eer
un deiht, as wenn nix wesen weer.

Italiänsche Leder

Uns Huusflöh hebbt twee Fanclubs grünnt:
Eerst „Romina un Albano.“
Un Twetens – hebbt se noch verkünnt:
„Adriano Celentano.“

Nu dreept se sik fiefmaal in`t Johr
in de Stuuv in den Flokati,
un singt – na wat wull? – Is doch klaar:
„Felicità“ un “Festa sui Prati“.

No milk today

Melkkoh Dorothea Nummer dree,
vun een Hoff hier bi uns an de See,
harr in de Highlands een Vedder,
denn schreev se `n Breef – heet dor „letter:“

Mien leve Bill, ik will nich klagen,
bi lütten kunn ik dat maal wagen,
de Leev to kösten, is`t nich so?
Doch dor hört ümmer twee dorto!

Ik mag keen ole Jumpfer sien,
will Leev, will ok maal vun de Lien,
Alltiet alleen, dor warrst ja dull,
doch op de Weid dor gifft keen Bull.

Mien Buer, vun denn ik sünst veel hool,
sünd mien Geföhle schietegaal,
he will mien Melk un dorvun veel,
dat liggt mi bannig op de Seel.

Tööv Dag för Dag un bün an`t Höpen,
he schall `n Bull maal endlich köpen.
Wat kann ik doon, mien leve Bill,
dat he maal markt, wat ik geern will?

Dat – schrifft Bill trüch – dat sünd so Saken,
dor kannst as Koh doch wat bi maken.
In so een Fall bi uns wi say:
„Schiet em wat – no milk today!“

Müggen över de Grenz

Egentlich bün ik `n Tierfründ. Egentlich! Bit wi in Dänemark weern. Nee, nee, geiht nich üm den Grenztuun gegen de Wildswien. Dor will ik gor nich över ordelen. Nee, dat Problem is veel lütter. Wi weern mit Fohrrad un Telt ünnerwegens. Torüch to de Natur. Nachts in dat lütte Textilhotel liggen un dat liese Gedruus vun een Sommernacht hören. Romantisch! Hett sik wat mit Romantik! Gedruus jo, aver totaal unromantisch: Pfffh! … Pfffh … Aua! Pfffh … Pfffhh … Batsch! Un wenn du denn noch mit ankieken musst, dat dien Fru cool, angstfrie un sööt an`t Slummern is. Kannst doch `n beten fuchtig warrn. Worüm ümmer ik? Worüm land de Beester ümmer bloots op mi? Nu kaak ik jo normaalerwies nich so licht över, aver wat to veel is, is to veel! Mit de Landkort heff ik üm mi haut. Wull so söben op een Slag. As „Das tapfere Schneiderlein“. Mien Fru ward waak, pliert mit een Oog ut ehrn Slaapsack un mummelt verslapen: „Mien Held!“ Ehr Held fröh morgens op`t Rad, Müggenspray köpen. Fief Dosen. Ik weet, ik weet, ümweltverdreglich is dat nich. Aver in düssen Fall müss ik utnohmswies maal de Prioritäten anners setten. Un weetst, wat de Verköpersch in den lütten Laden sä: „Ssiest du, du hasst ssüsses Blut. Die Tiere lieben dich. Sssie nehmen das, was ssmeckt. Dass iss ein gutes Sseichen.“ Du, tweemaal in `n poor Stünnen `n Kumpelment vun een Fru. Dat is jo nich so slecht. Liekers heff ik, nee, nich mehr fief, ik heff bloots noch ene Spraydoos köfft. Aver ehrlich seggt, wenn ik mi dat as Tierfründ utsöken kunn, harr ik in uns Naverland doch lever maal `n Wildswien drapen.

Handy op`n Peerd

Handy bruken ümmer un överall, dat Thema is all rieklich utlutscht: De Kinner, wenn de School ut is, stantepee dat Dings vör de Nääs, kene Bus-Stoppstell, kene Töövstuuv bien Dokter, wo nich mit de Maschien hanteert ward, Öllern, de mit ene Hand an`t Kinnerwagenschuven sünd un mit de anner ehr smartphone bedeent. Liekers passeert op düt Rebeet ümmer noch maal wat Niees. So as letzt op mien Joggingtour.
Dat Telefoneren bi`t Autofohren verbaden is, weet jo intwischen jeder. Ok bi`t Fohrradfohren. Aver wat is – nee, nich mit Joggen – wat is mit Rieden? Op`n apentlich Weg – un dorbi den Laberknoken an`t Ohr. Dörv man dat?
Heff mien Fründ Horst fraagt. He hett as Rechtsverdreiher mehr Ahnung vun so`n Grenzfall. Kuum to glöven, möök he mi klook, aver dat Verbott gelt för Rieder nich. Raatslag vun den Bundesverkehrsminister: op `n Peerd `ne Friesnackinrichtung bruken. Wat?

Ja, woröver ik mi opregt heff?
Ik lööp wull so teihn Minuten achter ene Riederin her, de harr sowat nich. Se harr ehrn Ackersnacker an`t Ohr klemmt un bölkte dor so luut rin, dat nich bloots ik – nee, ok ehr Rosinante – al `n beten nervös wörr. Över-halen heff ik mi nich truut un Arger wull ik nich maken, de junge Fru weer jo ok ganz adrett antokieken. Nützt harr dat sowieso nix. Punkte in Flensburg oder Bußgeld treckt dat jo „laut Gesetz“ nich na sik. Aver, segg maal, ward dat nich ümmer leger mit Handynutzung in jede Levenslaag? Weer dat nich schöön, wenn wi dat Miteenanner wedder `n beten mehr op`n Kiewiev harrn un plegen wörrn. Un nich bloots bi uns Minschen, nee ok bi de Deerten. Wunschdrööm? Ik laat nich locker. Mutt man doch över nadenken, oder? Oder dat Nadenken de Peer överlaten. Gröteren Kopp un so. Weetst Bescheed?

Aadlerogen

„Acht vier neun zwei sechs zwei“. „Und ganz unten?“ „Eins drei null fünf sieben acht“.
Jo, eenmaal in`t Johr goh ik na`n Ogendokter. Sehstärke, Gesichtsfeld usw. Na, ik wedder miene beste Kledaasch an, noch gau na`n Babutsch, de Hoor in Fassong bringen un los. Fru Dokter is dat bi mi, aver dat hett jo wieder nix to bedüden.
„Allerbest“, smustert se to`n Sluß fründlich. „Sie haben noch den vollen Durchblick, sehen alles, Augen wie ein Adler!“ Du, wenn `ne Fru, un denn noch ene in Dokterkittel, sowat to di seggt, dat geiht rünner as `n lecker Glas Wien. Ik weet, dat is jo gor nich mien Verdeenst, aver du föhlst di liekers so`n beten buukpinselt un de Egenwertsinn schütt hooch.
Un ik mit stoltswellte Bost na Huus. „Kiek maal, wat ik för`n Keerl bün! Aadlerogen! Dörchblick!“
De Blick, den mien Fru mi tosmeet, dor kunnst `n Lock mit in Iesen brennen. Hüüt, söss Daag later is mien Hoochgeföhl in Emmer. Worüm?

Tja, Fruuns bringt een geern snell wedder torüch in`t wohre Leven.

Letzt – ik keem vun Bus – harr se uns vulle Mülltünn vör de Port stellt. Merrn in Weg. Ik schull se wull an de Straat schuven. As ik in de Huusdöör keem, fröög se mi, of ik de Tünn sehn heff. „Welke Tünn?“ Wedder düsse scharpe Blick. Un op de Spitz hett se dat dreven, as wi güstern mit Rad ünnerwegens weern. Keem uns so`ne smucke  Riederin in de Mööt. As se vörbi weer, fröög mien Fru schienhillig: „hest du dat feine Peerd sehn?“ Un ik: „Peerd? Wat för`n Peerd denn”? Ik weet bit hüüt nich, worüm se den ganzen Dag nich mehr mit mi snackt hett. Liekers, dat ik Ogen as `n Aadler heff, lött sik jo gor nich bestrieden. Heff ik jo schriftlich. Aver dat erkennt se wull nich so an. Tja, welke Keerl versteiht al to hunnert Perzent de Fruuns. Besünners de Egene. Keeneen, oder?

Teemlich beste Frünnen

Naver Jens letzt an Goorntuun. Un schimpt: „Alarm bi uns in`t Huus!“ „Woso dat denn?“ „Ja, de Enkelkinner wüllt Hund un Katt. De Öllern – noch an`t Överleggen. Mien Fru un ik hoolt dor nix vun! Gor nix! Dat de Deerten nich ümmer goodmödig un samtpotig sünd, kannst jo in de olen Märkens nalesen. Wat meenst du dorto?“

Na, wat will he wull vun mi hören? „Du“, sä ik, „as Naver kunn ik jo `n Barg dor gegen hebben. Vun wegen Kläffen un Katt in mien Goorn.“ He: Sühst wull, sühst wull!“ Aver denn heff ik losleggt:

Op mi hett al `n Hund oppasst, as ik noch in Kinnerwagen leeg. Jo! Later mien beste Fründ. De Wetenschop seggt, Fründschop twischen Deerten un Kinner: Good för emotschonaales Beleven un soziale Kompetenz. Uns Kinner sünd mit Stuventiger Rosa opwussen. In Urlaub, hett Rosa sik üm Oma un Opa kümmert. Harrn beide Sieden wat vun de Fründschop. Weer dat nich ok wat för ju?

Wenn de Hund vun nevenan sik domals in Rosas Korv leggt hett, duert kene Minuut, keem se antigert. Woher ok ümmer. Kennst du den Song vun Karat, wo dat heet: Ich lieb die alte Katze, denn sie kennt alle Wege. Hett se sik dorto leggt! Un denn dat kommodige Snurren un Snorken, wenn de beiden kuschelig slöpen. Du, de besten Minschen op `t Erdenrund – Erfohrungswert – sünd Katt un Hund. Nimm doch den Wunsch vun diene Enkels nich so kritisch. Nich ümmer glieks an den Hunnen-Urahn, den Wulf, un an Rotkäppchens Grootmodder denken. Oder an de Katt, de in de olen Märkens as fiese Hölpersch vun Hexen ok nich good weg kümmt.

Weetst wat, Jens? Villicht hett sik de grusig Märkens bloots ener utdacht, de dor wat gegen harr, dat de Kinner Hund un Katt kriegt. Kunn man op kamen, oder? Hett he mi stohnlaten. Siet güstern hebbt se Höhner. Fief Stück!

Worüm de Welt bunt is,
un de Düvel sik doot argert hett

As dat de Farven noch nich geev,
dor sä de leve Gott:
Kumm Petrus, do mi doch de Leev,
füll Farv in jedeen Pott.
De slöttst hier in – kriggst ok `n Beer,
un giffst den Slötel nich mehr rut,
bestellst denn allens – wat leevt – hier her,
un jedeen söcht sien Farv sik ut.

Ik glööv, so bunt ward denn uns Welt,
doch laat den Düvel nich dorbi,
de Lump, de hett mi böös vergrellt,
de kriggt nix af, dat swöör ik di.
Denn Swevel-Keerl, denn hett dat dropen,
sprüng snubend üm sien hitte Pött,
is dreemaal gegen de Höllendöör lopen,
hett sik dorbi een Hoorn afstött.

Un Petrus hett dat allens doon,
so as uns Herr dat wull,
denn Düvel smeet dat ut de Bohn,
he föhrt sik op as dull.

Swatt – schreet he un stampt mit sien Been,
swatt reckt! Dat mütt ji lehr`n!
Rot blifft mien Füer bloots ganz alleen!
Ik warr dat saboteern!

He wöltert sik in Himmel ropp,
wat hebbt`s sik all verfehrt,
un mit sien swatten Düvelskopp,
luurt he, wat nu passeert.
De Tieren keemen – wat för`n Gewöhl,
wer Wahl hett, hett ok Quaal,
se töven braav op Bank un Stöhl,
de Kreihen op een Pahl.

Un lütte Vagels flögen vele
dörch de gülden Himmelsdöör,
nehmt wi dat Blau, dat Gröön, dat Geele,
wat is för uns de schönste Klöör?
Dor schuult de Düvel dörch en Lock:
Nimm swatt – swatt as de Doot!
Dat müchst wull geern, du ole Bock!
Un de Vagels nöhmen rot.

Een Papagei weer ok dorbi,
swankt twischen rot, geel, witt,
bruun, gröön or gold, wat nehm ik mi?
Opmaal ward em dat hitt,
de Düvel blaast em warm in`t Ohr,
mit sienen stinken Mund:

Nimm swatt, so as mien Zottelhoor!
De Papagei nöhm bunt!

Een Swiensfru, rundüm schier un prall,
lööt sik eerst lila wiesen,
keek denn in Spegel, quiekt: Wat schall
ik mi dat Fell vermiesen.
Denn nöhm se rot mit gröne Striepen,
bit achtern övern Steert,
seeg dösig ut un weer to`n piepen,
un se hett wieder utprobeert.

Mit söte Stimm de Düvel grunzt:
Öck, öck, nimm swatt, mien Swien,
sünst hest du di doch böös verhunzt,
swatt mutt uns Swienshuut sien!
Dor grient de Söög: Du ole Schinner,
ik kreeg tohuus wull wat fört Gatt,
un wat vertell ik miene Kinner?
Nee, ik nehm rosa, schiet di wat!

Un de Welt wörr bunter, Dag för Dag,
un denn Düvel hebbts anscheten,
uns Herrgott sä: Dat `s wat ik mag,
Peerfoot sien Raat will nüms nich weten!
Hett em nix nützt, sien gräsig möh`n,
un siene glöhnig Woot,
De Düvel argert sik eerst gröön
un argert sik denn doot!

Op Tour

Feernweh

Ik heff de Göös hüüt trecken sehn,
hooch baben ünnern blauen Heven,
mi tuckt dat bannig in de Been,
keen kann mi Flüchten geven?

Ik höör dat Singen noch `ne Wiel,
to sehn is al nix mehr.
So flöög ik ok – un harr keen Iel,
wenn ik en Vagel weer.

Wi weern mit Rad dor

Miene allereerste Tuur mit `n Drahtesel – lang, lang her! Mit dat veel to grote Rad vun Vadder. Domals bün ik teemlich wackelig de twee Kilometer vun Schönhorst bit to`n Bäcker in Schönkarken föhrt. Jo, dat weer ok al Bäcker Blöcker. Mit de Been so schreeg vun de Siet dörch dat Stangendreeeck vun den Fohrradrahmen. Över de böverste Stang keem ik nich, de Been weern noch to kort. Un nu, na „föhlte“ hunnert Johr bün ik wedder maal mit Rad na Schönkarken föhrt. Aver ik vertell maal de ganze Geschicht: Siet mien Fru un ik to`n eersten Maal vun de Partnerschop twischen uns Schönkarken un Schönkarken-Reyersdörp in Österriek höört hebbt, snackt wi ümmer dorvun, eenmaal mit Fohrrad dor hen to fohren. Hen na dat Dörp mit den sülvigen schönen Namen. Dat liggt vun Wien ut in Osten, so üm un bi föffteihn Kilometer vör de Grenz na de Slowakei.

Un as denn uns Börgermeister vertellen dä, dat dor en groot Jubiläum fiert warrn schall, Dörpsjubiläum, Negenhunnertjohr-Fier, un dat sik vele Schönkarkener dorüm vun hier mit `n Fleger un mit `n Bus op`n Weg maken wüllt to`n Mitfiern, stünn uns Entsluß snell fast: Wi kaamt ok, aver mit Rad. Achteihn Daag vör dat Fest sünd wi tohuus op uns vullpackte Rööd stegen. Ehrlich seggt, wi wullen ok probeern, of wi so`ne lange Radreis noch henkriegt – wi sünd jo kene Twintig mehr! Un denn güng dat över Lauenburg an de Elv lang, na Tschechien rin, dörch Prag, an de Moldau lang dörch de Bargen na Österriek. Un wieder över Linz un Wien na Schönkarken-Reyersdörp. Un as ümmer op uns Radreisen hebbt wi dat Övernachten, dat Quartier söken, den Tofall överlaten. Dat hett nich ümmer glieks so klappt. Eenmaal bi Magdeburg fünnen wie eerst wiet afsiets vun unsen Weg, de Maag hüng uns al in de Kneekehlen, na lange Söök in en lütt Dörp en Bett. Privaat bi Lüüd de wi Leed doon hebbt. Un `n poor lecker Spegeleier hebbt se uns ok noch in de Pann haut! Ok in Tschechien, för uns en teemlich unbekanntet Land, wüssen wi uns an een Avend maal wedder nich to hölpen. Wo kruupt wi ünner? Un dor hebbt uns nette Minschen – dat wörr al düster – ehr Goornhuus överlaten. Sogor mit Klo un Mini-Dusche. Wat hebbt wi fein slapen! Bit op twee Daag mit Regen, en böös Gewidder, dat wi in so`n verfullen Bus-Tööövhuus good överstohn hebbt, harrn wi Sommerwedder mit tropische Hitten bit an de veertig Graad! Hebbt afsünnerliche, aver ok ganz besünnere Lüüd drapen, vele Geschichten höört ut de vergohne DDR-Tied un ut de Tied vör den politischen Wessel in Tschechien. Beindruckt weern wi vun vele ole Dörper un ümmer maal wedder `ne Stadt, de utseeg as in`t Middelöller. As in en Märken mit Slott, smalle Twieten, steenoolt de Hüser. Un natüürlich hebbt wi dat op de ganze Welt bekannte Beer – Pivo – ut Budweis – na ik will maal so seggen – wi hebbt nich bloots ansmeckt.

Achteihn Daag later, üm Klock dree nameddags, na dusendfiefhunnert sweetdrievende Kilometer stünnen wi beiden Radfohrers in dat anner Schönkarken an`t Ortsschild. Fründlich in Empfang nahmen vun Lüüd ut de Verwaltung. Schafft! Un – wi hebbt dor sülm nich mehr an glöövt – noch rechttiedig bevör dat Fest losgüng! Man knapp dree Stünnen vörher weern wi dor! Bi en Dörchsnitt vun 83 km pro Dag, maximaal 111km un minimaal bloots 37 km in de steilen Bargen vun Südböhmen. Un wenn du denn glücklich ankamen büst, vergittst du op`n Slag, dat du bi`t stünnenlange Bargopschuven in de hitte Sommersünn würklich un wahrhaftig doch schon maal op`t letzte Lock pepen hest. Un villicht ok maal heemlich dor över nadacht hest, de vullpackten sworen Rööd den Afhang rünnertosmieten un sik doch en E-Bike totoleggen.

Ja, un denn kregen wi glieks den amtlichen Stempel vun uns Partnerdörp in`t Fahrtenbook.

Un kunnen nu tosamen mit vele Schönkarkener vun dor un vun hier dat Ortsjubiläum fiern un de hartliche Gastfründschop geneten. Ofschons dat grote Fest noch wieder güng, wöörn wi – dat kennt wi al vun anner Radreisen – na twee Daag Roh so`n beten wrangelig. Uns fehlte dat Fohren, dat Strampeln, de Wind, dat Vörankamen dörch egen Knööv. Wi hebbt uns wedder op`n Weg maakt. Wedder na Wien torüch un wieder güng dat an de schöne blaue Donau bit hen na Passau in Düütschland. Üm vun dor ut, na Eendusend-achthunnertunföfftig Radkilometer de Torüchreis to organiseern. Ja, wat schall ik seggen? Wat dor nu bi rutkamen is? Wi köönt dat noch! Un mit de E-Bikes hett dat villicht doch noch Tied. Wi hebbt bannig veel Spaaß hat, veel sehn, veel Niees kennlehrt. De Been sünd `n lütt beten strammer worrn, de Büx nich mehr so eng an Buuk. Un `n poor Kilos weniger wiest ok uns Waag an. Un nich to vergeten: Wi hebbt dat wohr maakt. Wi weern mit Rad dor! Un dat weer wunnerbor!

Spaansch lehren

Mit Fohrrad. Mien Fru un ik. Spanien. Aver denn musst du jo `n beten mehr könen as bloots „Hola“ un „Buenos dias“. Wi harrn uns so`n lütt geles Wöörbook köfft un dor ünnerwegens ümmer in studeert. Kuum mit uns „bicicletas“ över de Grenz wull ik in een „Restaurante“ twee Glöös roden „Vino“ bestellen. Wull angeven, wat ik mi al sülm bibröcht harr. Op spaansch bestellen un glieks betahlen. „Dos Vino Tinto y la cuenta por favor“! Weetst wat de Kellnerin sä: „kost sössföfftig“! Würklich wohr, op Plattdüütsch!
So 100-Rad-km wieder – wi harrn al veel vun de Spraak dortolehrt – seten wi avends wedder in ene Bar an Tresen. Wat drinken un eten.
Ik den Kökenchef – Wöörbook her – „Chef de cocina“ – `n Teken geven. He kümmt, fraagt, wat wi hebben wüllt. Un ik: “Toeerst – `primero` – dos cabezas, por farvor!” He keek mi raadlos an. Ik noch maal: Por farvor, dos cabezas“! Schullern tucken. Wi kunnen uns nich so recht eenig warrn.

Mien Fru weet, dat se sik, wenn ik an`t Sprakenöven bün, üm Gottswillen nich inmischen dörv – harr sik aver miene Konversatschoon amüseert anhöört. Un ik: „Woso versteiht he mi nich? He kickt so komisch. Gifft dat hier villicht gor keen Beer? „Doch, wat du hebben willst, is cerveza, Beer! Du hest aver cabeza seggt. Dat is `n Kopp! Una cabeza! En Kopp! Musst di nich wunnern, ween he komisch kickt. Wokeen bestellt twee Köpp?

Na ja, wi hebbt dat denn mit em klaarsnackt un uns scheef lacht. Un wieldat in siene Bar sowieso nix los weer, hebbt wi tosamen spaansch öövt un dorbi Beer drunken – cerveza. Veel! „Mucho“!

Negsten Morgen – wo heet Kopp noch? Ach jo, Cabeza. Un wo heet „slecht“? Malade. Cabeza malade! Ik weet, man schall bi dat Sprakenlehren jo nich so licht opgeven. Aver, aua, wat to veel is, is to veel!

Pedalridder in de Brass

Fohrradfohren is gesund, ümweltfründlich un maakt Spaaß. Normaalerwies! Also rop op`t Rad un los! Aver Spaaß maken is eenfacher seggt as doon. Weetst du, över wat ik mi opreeg? Un dat ward ümmer leger. Dat sünd nich bloots de depen Lökker op de Radweeg. Nee, ok de velen Schiller. Nich de blauen Lollis „Radwegbenutzungspflicht“, nee, dat sünd de Schiller „Radwegschäden.“ Un wenn se jichtenswo denn würklich maal an`t Utbetern sünd, steiht dor de „fründliche“ Befehl „Radfahrer absteigen“. Jawoll, Herr Hauptfeldwebel! Wi weern annerletzt maal wedder twee Daag mit uns Drahtesels ünnerwegens un ik heff tellt. Tweeuntwintigmaal dat Schild „Radwegschäden“! Un dat bloots op dat Rebeet so üm Kiel, Plön un Eutin rüm. Würklich wohr! Tohuus heff ik denn forscht. Google usw. Un heff rutfunnen, dat dat in ganz Düütschland dusende dorvun geven schall. Du-sen-de! Wat dat kost! Un bringt nix! Gor nix! Aver man schall jo nich bloots meckern.

Dorüm will ik maal `n konstruktiven Vörslag maken. Praktisch orienteert un düchtig to`n Geld sporen: Bi de Pedalpedders hett sik dat jo nu bilütten rümsnackt, dat op uns Radpisten Lökker dorto höört. Kannst de Schiller also weglaten. Langen wörr dat, wenn tokümstig an jeden Grenzövergang na Düütschland rin bloots en so`n Schild stünn. Denn wüssen all de annern Radfohrers ok Bescheed. Un dat vele inspoorte Geld denn för dat Löcker-dichtmaken utgeven. Aver op so`ne Idee kaamt se nich. Un mi fraagt jo kener.

De letzte Fohrgast

In uns Dörpschronik steiht `n Bericht vun 1897, dor ward över dat Ankamen vun de erste Personen-Isenbahn vertellt. An 6. Juli is dat wesst. Veel Publikum harr sik domals „um das mit Fahnen und Girlanden decorierte Stationsgebäude geschart, um den ersten Zug zu begrüßen", schreev de domolige Baas vun de School. 84 Johr is de Toog „Hein Schönbarg" denn vun Kiel över Schönkarken na Schönbarg föhrt. Letzte Personenfohrt vun Kiel an 15. Januar 1981. An düssen Dag steeg an Kieler Hauptbahnhoff de letzte männliche Fohrgast in un wull na Schönkarken.

Wiet över dörtig Johr hett düsse letzte Fohrgast `ne grote Buddel Kööm opwahrt. Un egentlich wull he de eerst utschenken, wenn – ja wenn … Na, ik vertell maal de ganze Geschicht.

Ik kann al maal vörwegschicken, dat de letzte Fohrgast de Snapsbuddel nu endlich vörsichtig opmaakt, `n beten dor an snuppert un `n lüürlütt Sluck dorvun probeert hett. Aver wieldat

he egentlich keen Kööm mag un dorüm ok gor nich so recht beordelen kann, of de noch smeckt na de lange Tied, is he in`t Twiefeln kamen. Un weetst wat, he hett em wegschütt. Den feinen Kööm. Egentlich schaad, oder?
Ja, wat hett dat mit de ole Buddel op sik, wo kümmt se her? De Köömwegschütter, domals noch jung, is ümmer mit`n Toog na Kiel rin föhrt. To Arbeit. Morgens hen un avends wedder torüch. Tosamenrekent wull so üm un bi teihn Johr lang. Un he swarmt dor hüüt noch vun, wo gau un eenfach man in de Stadt rin keem. Morgens to Foot mit snelle Schreed akraat ölben Minuten na`n Lüttbahnhoff hen. Dat Stück vun de Straat na`n Bahnstieg op de Schien lang. Sowat güng domals noch! Dor hett keen Hahn na kreiht. Un ok nich veel länger hett de Bahnfahrt na Kiel duert. Dat weer super! Un hüüttodaags ganz un gor undenkbor weer de besünnere Service vun den Lokföhrer Richard: Wieldat de Fohrgast jo avends ok wedder to Foot torüch in sien lütt Dörp müss, kunn he bi Richard op de Plattform vörn op de Lokomotiv bit an de Straat mitfohren. Bloots örntlich fastholen müss he sik. Dor an de Straat föhr de ole Iesenbahn denn `n beten sutjer, Richard geev Teken un de illegaale Mitfohrer kunn afspringen un dat letzte Stück na Huus gohn.

So güng dat to domals. Un wenn ik sowat vertell ut ole Tieden, de ik jo sülm noch belevt heff, denn denk ik mitünner: Mien Gott, wat büst du doch ok al för`n olen Knacker!
Un denn keem enes Daags dat Sluß-Szenario op`n Kieler Hauptbahnhoff. De Fohrgast vun`t Dörp keem as ümmer op de letzte Minuut op`n Bahnstieg anlopen. Dat hüüt de afsluut letzte Fohrt vun Hein Schönbarg lööp, harr he nich mitkregen. He harr to de Tied anner Sorgen, Familie, Job un al dat, wat junge Lüüd ok hüüttodaags noch to schaffen maakt. Un eerst, as de Toog affohren dä un twee „Offizielle", twee domolige Bahn-Chefs toeerst een Fru `n groten bunten Rükelbusch un em de Buddel mit den Hoochprozentigen in de Hand drücken dään, hett he schalt: Se weern de letzten Fohrgäst de in Kiel instegen sünd. Letzte Fohrt! As he denn so`n beten scharp sien Semp dorto geev, dat de Toog nu instellt ward, dor hett dat heten: „Nützt nix, wirtschaftliche Gründe, Hein Schönberg ist Geschichte". Düsse letzte Personenfohrt hebbt so an de hunnert Fohrgäst mitmaakt, de all ok noch `ne Buddel Snaps – aver `ne lütte – to`n Afscheed mitkregen. Den Artikel, de an negsten Dag, 16. Januar 1981, in de Kieler Nohrichten stünn, kleevt noch op de nu leddige Köömbuddel un is al so`n beten geel klöört.

Ja, Lüüd, dat is lang her un blifft spannend. En Deel vun de Streck föhrt Hein Schönbarg al wedder. Bit allens fardig is, dat duert wull noch. Un kann sien, dat denn na över 120 Johr – so as 1897 – wedder wat in de Zeitung steiht över „Die Freude über das Herannahen des ersten Personenzuges.“ Kiek maal, dat geiht in düsse Geschicht egentlich jo bloots üm so`ne lütte ole Iesenbahn, de mit mennigeen vun uns dörch `n Stück Leven föhrt is. Mehr nich! Liekers kann een sik gegen en wehmödig Geföhl nich so ganz to Wehr setten. Un wokeen de Fru weer, de vör achtundörtig Johr den schönen groten Rükelbusch kreeg, dor kann ik mi leider nich mehr op besinnen. De Fohrgast mit de grote Köömbuddel – ji hebbt dat al markt, dat weer ik!

Heiraadsmarkt

Weetst du wat ik to un to geern in de Zeitung lees? Meist in de Sünnavends-Utgaav. Wenn sik dor Lüüd ünner „Partnersuche“, oder „Sie sucht ihn“ to Markt dreegt. Sik mit grote Wöör anpriest un dorbi so kreativ sünd, dat Supergirl un Superman dor gegen superdeep affallt. Powerfruu, 78, jung bleven, söcht en sportlichen Kulturfründ mit veel Humor – un Lust op – na nu ward spannend – mit Lust op – och sooo – op Gespräche. De vitale Ünnernehmer harr geern `ne smucke Fru, de mit em deelt, wat to tweet mehr Spaaß maakt. Wat? Geld utgeven? Spazeern gohn? Halma? Jo, Kontaktsöök, ümmer aktuell, bloots dat Problem is dat Finnen. Aver ik will dat gor nich slecht snacken. Löppt jo wull al ewig so. De allereerste Heiraadsannongs is vun 1695. Würklich wohr! England. Text: Keerl mit `n good Besitt söcht ne Daam mit 3000 Pund. Geld – nich Gewicht! Of he ene Fru funnen hett, is nich överlevert. Bi uns op`n Lannen geev dat `n Heiraadsmarkt ok al ümmer. As Jungkeerl över

de Dörper trecken to`n Füerwehr- oder Landjugendball.
Kontaktsöök, nee, hett uns Afmöhen nich heten. Nee, kieken, of dor villicht ne söte Deern aftoscheten is. Höört sik ruugbenig an, weer aver liekers fründlich meent. Un klaar, keeneen will Katt oder Kater in Sack köpen. Ik heff noch Omas Wöör in`t Ohr: „Jung, prööv, wenn du di bindst – of du nich noch wat Beteres findst!“ Tja! Un nich vergeten, ok wenn ener oder ene utsüht as … pff ... as ... as Justin Bieber oder … äh ... Emma Stone. De groten Wöör nich glöven. Jaha du, so`n Heiraadsmarkt, dat is `n hard Stück Arbeid, oder?

Norddüütsche Kommunikatschoon

Wat schall dat egentlich? Wenn sik ümmer maal wedder ener opplustert un seggt, de Norddüütsche snackt nich geern, nich veel, un ok bloots, wenn he mutt. Na ja, dat is ünnerschedlich in Düütschland. To`n Bispill Rheinland. Ik heff dor maal wahnt: Teihn Wöör bruukt se dor vör den glieken Inhalt denn ener ut`n Norden mit twee Wöör klaarmakt. Würklich wohr! De Rheinländer wörr nu twaars seggen: „Hömma, dad es Kappes“! Vun wegen!

Nimm bloots maal mien Unkel Heinz. Hett nie veel seggt. Jeden Sünndag sien Hoff fein harkt. Mit Muster. Un denn weer „Betreten verboten.“ Wenn wi as Kinner so rundrüm spelten un to dicht an dat Harkte kemen, denn drauhte Unkel Heinz mit sien Wiesfinger un rööp bloots en Woort: „Na!“ Denn wüssen wi bescheed, dat schull heten „Loop mi dor bloots nich röver, sünst kriegt ji Arger.“ Wenn würklich maal ener op dat Muster petten dä, denn keem sien – ik glööv de eenzige lange

Satz, den he op Lager harr: „Ik warr di rökern!“
As ik later wedder torüch tröck in uns Dörp, weer Unkel Heinz hooch in de Johren un seet geern vör de Döör. Un hett mi ümmer spitz kregen wenn ik na Huus keem. Un jeden Dag hett he den Hals över de Port lang maakt un mi fraagt: „Fieravend?“ Un jeden Dag heff ik antert: „Jo!“ Un jeden Dag hett he denn seggt: „Na!“ Dat güng vele Johr so. Toeerst hett miene Fru ümmer noch fraagt: „Wat hebbt ji ju denn vertellt?“ „Och, nix“. Denn hett se mit mi schimpt. Dat ik muulfuul bün un mi dat spoorsame Snacken wull bi mien Unkel afkeken heff.
Unkel Heinz gifft dat nich mehr. Aver wenn ik hüüt an siene Döör vörbi goh, denk ik an siene ökonomische norddüütsche Kommunikatschoon. Sowat vergittst du dien Leevdag nich – ok wenn sik dat bloots üm en oder twee Wöör dreiht. Is dat nich so? Snack nich lang rüm, bloots „Jo“ seggen.

Verlorene Spraak

Wat en Bookstaav so utlösen kann, heff ik Sünndag belevt. Bi uns to`n Kaffee `n oles Ehpoor. He noch in Ostpreußen boorn. Un as he dat „R“ so rollen dä, dor harr ik `n Déjà-vu-Geföhl. Wenn miene Öllern fröher mit Navers vör de Huusdöör op de Bank seten, wörr vertellt un sludert. De Fruuns weern an`t Socken knütten, de Mannslüüd hebbt `n Beer to Bost nahmen. Aver wenn Albert un Helene dor weern, hörte sik dat anners an as sünst. Vadder snackte Platt, Modder Hoochdüütsch, ja, un Albert un Helene ostpreußisch. Un as lütte Buttjer heff ik denn geern dicht bi rümspeelt. Worüm? Tohören! Plattdüütsch kunn ik jo, aver dat, wat de beiden snackten, klüng frömd un breet, liekers bannig kommodig. Un ik fünn dat schöön! Wenn Helene mi över de Hoor strakelte un sä Jungche oder ok Lorbaß, wat jo egentlich unoordige Bengel bedüüd, hebbt wi uns beid freut. Weer jo nich böös meent. In Gegendeel. Ümmer wenn Vadder un Albert mit ehr Buddel Beer anstöten, sä Albert:

„Prost, wer nuscht hat, der hoost"! Bi de Sluderie över anner Lüüd füll ok geern maal dat Woort „Pomuchelskopp". Later heff ik mitkregen, meent weer sowat as uns plattdüütsche Dööskopp. Ofschons `n Pomuchel `n Dorsch is. Un ener ut uns Dörp, denn se as rachullig betekent hebbt, weer `n raffgierig Giezknüppel. Rachullig! Feines Woort, oder? Jo, ik heff mit de Tied de meisten Wöör vergeten, de ik as „Jungche" dor opsnappt heff. Klaar, gifft noch `n Barg Lüüd, de ostpreußisch köönt. Aver wo lang noch?
As ik dor Sünndag an Kaffeedisch dat rollende „R" hörte, is mi mien Lustern bi de Bank an uns Huusdöör wedder infullen. Un dat weer `n wehmödig, liekers aver `n schöön Geföhl. Kannst di dat vörstellen?

Is jo billig, Laboe!

„Jo“, grient de ole Sailor, du weetst dat jo ok. Man lehrt in`t Leven schon sünnerbore Tiedgenossen kennen. Ik glööv bi de christliche Seefohrt dröóp man fröher aver besünners vele snurrige Figuren. Of dat in de hüütige moderne Tied noch so is, kene Ahnung. Een so`n gediegen Vagel heff ik in den gröttsten Seehaven vun Europa kennlehrt. De olen Fohrenslüüd ward sik villicht noch erinnern. In den groten Haven vun Rotterdam hörte he eenfach mit dorto. De flegende Höker, de mit sien Boot ümmer glieks antuckert keem, wenn `n Frachtdamper fastmaken dä. Dat weer Laboe. Ja, so hett he heten. Kann aver ok sien, dat weer sien Ökel- oder Künstlernaam. Koopmann Laboe! Bäcker vun Laboe hebbt de Seelüüd em ok nöömt.

He weer nich graad `n Keerl as `n Boom. Ik glööv de stärksten Muskeln harr he rund üm siene grote Klapp. Lööt sik so licht nix seggen. Dorbi ümmer fründlich, op`n Kopp ene – dat weer sien Snack, ene „Klei-mi-an-Mors-

Mütz“. Griesen Boort, Piep in`t Muul güng nie ut. Dat weer Laboe. Bi em kunnst du allens köpen. Besorgen kunn he ok allens. Wenn Laboe antuckert keem, stünnen de Maaten al praat. All wullen se maal kieken, wat he wedder in`t Angebott harr. Vun „A“ as Arbeidshandschoh, bit „Z“ as Zigarrn ut Havanna güng de Utwahl bi em. Plünnen to`n Antrecken un Souvenirs vun rund üm de Eer. Un he hett nie vergeten, de dicken Kuba-Zigarrn as wat ganz Besünneres antopriesen: „Beste Ware, Sailors, noch echte Handarbeid! Vun de schönen Fruuns op Fidel siene Insel mit veel Geföhl rollt – innen-schenkel-gerollt!“ Jo, snacken kunn Laboe! Sien Muulwark stünn nich still. Sabbeln, vertellen un sien Kraam utropen. Un de Janmaaten hebbt tohöört un goodmödig aflästert. Üm snelle Antwoorden weer he nich verlegen. Köfft hebbt de Seelüüd ümmer wat. Bi em lööt man geern `n poor Dalers springen. Wenn dat ok  bloots `n bunt Sofaküssen vun Curacao mit opstickte Palmen för Modder, Fru oder Fründin weer, oder, un he dat sworen, för ne 100-Perzent-Oregenaal-Wrangler-Nietenbüx hellblau.

Dat allerbeste: Laboe wörr ganz oft loovt. Ja, Tostimmung weer to hören, wenn he an`t Palavern weer. Twischendörch ümmer Stimmen, de em na`t Muul snacken däen. Wenn he ton Bispill rööp: „Düsse Nietenbüx, de beste ut Amerika, Cowboy-Qualität! Kost bi mi bloots teihn Dollars. Kriggst du op alle söben Weltmeere nich för den Pries!“ Denn kunn man – ut sien Publikum – ümmer Tostimmung hören. Em wörr ümmer Recht geven. „Dat is jo billig, Laboe!“ wörr seggt. Un nochmaal wedder: „Dat is jo wüüürklich billig, Laboe!“ Oder: „He is eenfach to goodmödig, he verschenkt de Saaken ja!“ Oder: „Mann, Laboe, bi so`ne Priesen geihst du pleite!“ Toeerst hebbt wi uns dor ümmer över wunnert. Un nich rutkregen, wokeen dor alle Nääslang twischen quasseln dä. Bit wi denn dor achter kamen sünd. Un spitz kregen, dat Schippshändler Laboe wat seggen kunn, ohn dat Muul to bewegen. He kunn sotoseggen Buuksnacken – Bauchreden! Un hett, wenn he siene günstigen Priesen luut röhmen dä, ümmer snell maal heemlich „Dat is jo billig, Laboe!“ un anner Snacks afschoten. Un dörch düsse Kunst is he op all de Dampers noch bekannter worrn. Dat sien Geschäft so good lööp, dat hüng nich toletzt ok dormit tosamen!

Ja, kiek“, grient de ole Seemann un schüfft de Fingers dörch de griesen Hoor, „kene grote Saak, liekers is dor ene vun de velen snurrigen

Geschichten vun de Seefohrt ut worrn. Wenn mi hüüt so de grote Haven vun Rotterdam in Sinn kümmt, denn denk ik an den flegenden Höker un mutt smunzeln. Un dat, dat kost mi jo nix. Un weetst wat ik denn to mi sülm segg: Dat is jo billig, Laboe!

Opstand

Lüüd de mit de Seefohrt to doon hebbt, hebbt meist `n Barg Geschichten op Lager. Düsse hett mi `n ole Fohrensmann, `n Mariner ut siene aktive Tied vertellt. Oberstabsbootsmann Klaus müss in`t Bundeswehrkrankenhuus. Darmspegelung. Ik will glieks vörweg nehmen, dat de ganze Saak good utgüng. Na ja, he en Dag vörher in dat Krankenhuus in Kiel. Un dor güng dat ok glieks los. Un wokeen so `ne Akschoon to de Tied al maal achter sik bröcht hett, de weet bescheed. Dree grote Pött Aföhrmiddel drinken! Dree Liter! Gesmackrichtung Vanille oder sowat in de Oort. Puh! Un dat fallt een al na den ersten Pott bannig swaar. De ole Oberstaber, de in siene ganze Fohrenstied nich eenmaal seekrank worrn is, keem bi`t Rünnerslucken an siene persönliche Grenz. Wörgt sik den tweten Pott mit letzte Kraft in Lief rin – nützt jo nix. Un denn keem de fründliche Swester Ludmilla – Respektperson – mit den drütten Pott anscheten. Anscheten is in düssen Tosamenhang villicht nich so ganz dat paßliche Woort. Nee, se keem mit den drütten

Liter an. Mariner Klaus füll vör Schreck bald ut de Koje. „Wat? Den Pott ok noch“? De güng aver nich mehr rin. Sien Hals weer sotoseggen afsnöört. Ludmilla, resolute, smucke un fründliche Swester ut de Ukraine, rööp: „Herrr Klaus, bitte serr, müssen Sie trrinken! Rrrunter mit Gätreenk!“ As so`n Turnierperd an Watergraven hett Klaus verweigert. Alleen, wenn he den Drink al rüken dä. „Leve Swester, se köönt sik op`n Kopp stellen un mi, wenn se wüllt ok. Wenn ik den Pott bloots ankiek“, he schüddelt sik – „boah!“ Un mit utstrekten Dumen, de op de Lippen wiest, düüt he an, wat denn passeren wörr. „Ik drink dorvun nich een Drüppen mehr! Nich een!“ Swester Ludmilla hett `n grood Theater maakt, un mit em schimpt „Starrkerr Ssemann und will nicht trrrinken! Ies Verweigerrung von Befell“, hett se mit `n Wiesfinger drauht. „Muss ich saggen Oberrarrzt.“ „Un wenn Se dat den Verdeidigungsminister persönlich meld, ik drink dat nich mehr! Keen Sluck!“ Güng noch `ne Wiel hen un her, toletzt hett he sik dörchsett.

Lange Tied later. Oberstabsbootsmann Klaus, intwischen op verscheden Scheep föhrt, grotes Marinefest an Land. Hengohn Plicht! Ener vun de Böversten, Kapitänleutnant, harr `ne Reed holen un wull nu för `n poor verdeente Oberstaber een utgeven. Un denn höört sik dat jo so, dat de mit-

drinken mütt. As he bestellte, wend he sik Klaus to un seggt: „Wie ich hörte, Herr Klaus, trinken Sie ja unter Zwang nicht. Verweigern sozusagen den Befehl, was an Meuterei, an Aufstand grenzt.“ Mariner Klaus stünn stief as de dree Masten vun de Gorch Fock. De Kaptein smustert: “Trinken nicht mal, wenn eine schöne Frau Ihnen das Getränk anbietet.“ Klaus keek em an, tröck de Steern kruus un wüss nich, wat he seggen schull. Wat meent de Ole? Opstand? Ik? Meuterei? Wat hett dat denn to bedüden? Na, de Kaleu hett em op Nafraag klookmaakt. De Geschicht vun den störrschen Oberstabsbootsmann hett sik in Kasernen un op de Scheep fix rümsnackt. Un he harr se domals ut eerste Hand hööórt. Hett sik bannig amüseert över den Soldat, de dat torechtkregen hett, sik gegen `ne würklich starke Fru optolehnen. Un sik ok noch dörchsett hett.
Och so, wokeen den Kaleu vun de Befehlsverweigerung vertellt hett? Swester Ludmilla ut de Ukraine. Un dor wüss he Bescheed mit. Vun wegen dörchsetten. Bi ehr nich so eenfach. Müss jo wull erst `n Oberstaber kamen. Tja, Ludmilla weer de Fru vun den Kaleu. So speelt dat Leven! Wat dat dor sünst noch to seggen gifft? Nix! Och so, doch:
De Verteidigungsminister is nich inschalt worrn.

Glücksgeföhle

Fröher is mi dat ümmer wedder passeert. In Keller gohn un op de Trepp al vergeten, wat ik dor wull. Kümmt di bekannt vör, oder? Wenn ik mit Lüüd dor över snack: „Jo, jo, kenn ik! Geiht mi ok so“. – Würklich wohr!
Ik heff mit mien Dokter konfereert. Ik schall mi man kene groten Gedanken maken. So`n beten Schusseligkeit weer normaal. Mien Fru glieks: „Normaal?“ – Na ja! Hett mi kene Roh laten, ik wull geern noch deper bohren un heff forscht. Studien an mi sülm.
Wenn mi dat passeerte, bün ik toeerst ümmer `ne Tiedlang op de Kellertrepp stohn bleven, heff flucht un scharp nagruwelt: „Wat wull ik“? Duerte aver veel to lang, hett meist nich klappt un maakt untofreden. Erfolgsquoot twintig Perzent. Denn heff ik mi lange Tied `n Schietdreck doran kehrt, bün vergretzt wieder gohn. Heff mi ersatzwies `ne Buddel Beer ut de Spieskaammer hoolt oder `n Ies. Alleen dat Freuen dor op lööt mi eerstmaal vergeten wat ik vergeten harr. Tominnst weer de Weg in

Keller nich ümsünst. Wenn ik denn later dat Beer drünk oder lecker Ies schlecken dä, füll mi oftins wedder in, wat ik dor egentlich wull: „Ach jo!“ Erfolgsandeel knapp föfftig Perzent! De beste Weg is aver: Nich fluchen, nich vergretzt warrn, langsam Schreed för Schreed de Trepp torüch gohn, nich groot överleggen, locker blieven, an wat anners denken! Funkschoneert! Dusendmaal probeert! Un wenn di dat denn glieks wedder infallt – glööv dat oder glööv dat nich – ward Glücksgeföhle utlööst. Glücksgeföhle! Erfolg: 100 Perzent! Jo, miene empirische Forschung hett sik lohnt. Ik glööv twaars nich, dat ik dorför noch Dr. h.c. warr, aver maal ehrlich, miene Erkenntnisse künnen di at Leven doch ok lichter maken, oder?

Kalennerdaag mit Bedüden

Ik heff leest, dat dat en Welt-Joggingbüxen-Dag geven schall. Wull ik nich glöven un heff googelt. Jo, gifft dat! De 21. Januar! Aver wat mi denn bi`t Wiedergoogeln vun Hocker haut hett, jedes Kalennerdatum is, würklich wohr, is `n Dag mit een oder mehr Bedüden. Bispill: Weltschlagzeugertag, Internatschonole Dag vun de Sekerheitsnadel, Ratzefummel-Dag, swatte Dag, witte Dag, rode Dag, alle Farven. In USA, tja, wo sünst, sogor den „National That Sucks Day". Bedüüd: Alles ist Scheiße-Tag. Dusende afsünnerliche Akschoonsdaag, Gedenk- oder Fierdaag weltwied. Denn noch den Weltknuddeldag, un… äh… den Windbüdel-dag unnn... na ja, vele heff ik al wedder vergeten. Jo, un sogor dorför, ok för dat Vergeten gifft dat `n Fierdag. Den „Heff ik vergeten-Dag," – 2. Juli. Dor schall man sik Gedanken maken, wat man dor gegen doon kann, gegen dat nervige Vergeten. Na ja, ik segg bloots: Gebordsdag vun mien Fru? Wed-der versemmelt.

Un se: „Wo büst du Drömer bloots ümmer mit diene Gedanken? Kümmst du vun `n annern Steern? Villicht maal ut `ne „Ganz-wiet-weg-Galaxie“ tofällig op de Eer weiht?“ Positiv weer dat nich meent. Un denn bün ik later in`t Internet ok noch dorop stött, dat de „Heff ik vergeten-Dag“ gliektiedig – jo, gliektiedig! noch de „Welt-Ufo-Dag is. Ok an een 2. Juli schall in New Mexiko `ne flegende Ünnertass afstörzt sien. Kiek maal, wi weet jo veel to wenig över uns sülm. Worüm wi soveel vergeet. Wo wi herkaamt. Villicht hett mien Fru jo sogor Recht mit „vun annern Steern“? Man weet dat jo nich!

Geiht wedder los

Dat Ies is weg,
de Sünn ward warm,
de Jungs ward frech,
nehmt Deerns in Arm,
un glieks is jeedeen Minschen klaar,
… is Fröhjohr.

De Sommer kümmt

Maisebber in mien Schohkarton,
hellgröön de Bööm in`t Licht,
de Lark singt ok al wat dorvon,
ik drööm vun een Gedicht.

De Wind striekt warm mi üm de Nääs,
en Ruch vun Eer un riepen,
un wat ik in de Wulken lees,
kann ik nich allens begriepen.

Ik nehm den Sebber op de Hand,
he pumpt al mit sien Flüchten,
un söcht hooch över`t wiede Land,
de Frieheit, will mi düchten.

Höpen

Wat schütt hooch över`t Stoppelfeld
iewerig dörch den Wind?
Kickt vun wiet baben op uns Welt,
un ünnen höllt en Kind
denn bunten Draken an de Lien,
de lütten Fööt fast op de Eer.
In jedeen Harvst schall dat so sien
as dat al ümmer weer.

Arme Stackels

De Welt is witt, de Snee is dor,
dat Radio Chaosdaag verkünnt.
Un wedder ward uns Minschen klaar,
dat wi bloots arme Stackels sünd.

Op`n Maand sünd wi al kamen,
deep in de Eer, deep in de See!
Doch allens breekt tosamen,
bi`n Handbreet frischen Snee!

To`n Sluß

Hilligavend-Chaos

Dannboom rin un noch wat packen,
Boom afsagen, Koken backen,
Hektik, Knackwuß mit Salot,
steiht de scheve Boom nu graad?

Vadder fummelt an de Lichten,
Modder mutt noch gau wat dichten,
Opa snasselt Kööm un Beer,
Oma schimpt: „Du kriggst nix mehr!“

De Kinner packt noch för den Hund
dat Hackfleesch in, so een, twee Pund,
Tant Erna … geiht bloots op`n Wecker,
Vadder söcht `n Schruventrecker:

„De Lichterkett en eenzig Witz!“
Balou kriggt nu dat Hackfleesch spitz,
Boom fallt üm, Tant Erna schreet,
Modder kümmt mit`n langes Kleed,
lisst ehr Gedicht vun Wiehnachtsroh,
vun all de Minschen, de hüüt froh
wüllt Wiehnachtsglocken hören.
Tant Erna, Oma un de Göörn,

un Opa mit den Kööm in Kopp,
stellt twischendörch den Boom weer op.
De Lichterkett is repareert
Balou satt, wackelt mit `n Steert,

Geschenken hen, Geschenken her,
Bloots de Hund, de kriggt nix mehr,
so`n Hilligavend gifft en veel,
un neegst Johr löppt dat glieke Speel!

Hoh, hoh, hoh!

Vun Regen in de Leck – vom Regen in die Traufe. Den Wiehnachtsrummel ut `n Weg to gohn, is nich eenfach un geiht schon maal scheef. Letzt Johr harrn wi de Nääs vull vun Gaven-Stress, Wiehnachtsmarkt, Musikgedudel, dat ganze Gedööns rundrüm! Kommodig? Gemöötlich? Nee, dat güng op`t Gemööt! Un denn dat griese Wedder, Sneematsch, Chaos op de Straaten. Wat wi maakt hebbt? Afhaut sünd wi, utreten! Weg! Weg! Nix as Weg! Op de Snelle wat in de Sünn bucht. Kurs Süd.
Wunnerbor! Nu kunn dat mit de Roh jo losgohn.
Tüüs Stress! Tüüs Glockenbimmeln, Tüüs Schietwedder. Sik befreen vun twintig maal an Dag „Oh du fröhliche“, „Leise rieselt der Schnee“, „White Christmas“. Du, wat dat opmaal för`n Geföhl weer! Keen Wiehnachtseten bi Tant Erna. Nix mit Kaffee un drögen Koken bi Carola un Holger. De CD „Süßer die Glocken“, de bi de beiden jedes Johr löppt, mütt wi ok nich teihnmaal loven. As wi in den

Fleger instegen, harrn de Stewardessen rode Wiehnachtsmützen op un ut`n Luutspreker jault – gottloff nich White Christmas, nee, dorför aver „Last Christmas,
I gave you my heart“. Veer Stünnen later op`n Airport: dat schifft as ut`n Emmer! Vun Regen in de Leck! Un weetst, wokeen an dat Koffer-Loopband stünn, würklich wohr! Dor stünn de Wiehnachtsmann un gröhlt uns Utrieter an: „Hoh, hoh, hoh“! Ja, klei mi doch! Dütt Johr blievt wi wedder to Huus!

De Wiehnachtsfru

Al bannig lang wünscht Lieschen Müller
sik enen Mann, so`n echten Knüller:
nich to jung, mit Boort weer good,
nich to lütt un nich to groot,
schall Tieren mögen, dat weer ehr recht,
un mobil weer ok nich slecht.

Dat en godes Hart he hett,
lütten Buuk fünn se ganz nett,
ümmer fründlich un nich minner
good to Grote un to Kinner.
An so`ne Boss, dor müch se rohn,
mit em tosamen Godes doon.

Kuum hett se dat maal so dörchdacht,
suust so een in de Hillignacht,
mit`n gülden Sleden dörch de Küll,
wiel he in all de Hüser will.
Verdeelt alleen dor siene Fracht,
un sweet in siene rode Dracht.

„Hier“, schimpt he, „geiht doch wat verquer!
Wo krieg ik bloots `n Hölper her?“

Lieschen dinkt: „De Dick is mien!
So`n statschen Keerl mit Hilligschien,
un mit so`n snellen Sleden,
lang mutt man mi nich beden“.

Un himmelt glieks as dull em an:
“IK dä dat geern, du Wiehnachtsmann!
Laat uns to tweet af hüüt wurachen,
tosamen fohren üm de Welt,
uns duppelt freun an`t Kinnerlachen,
dat is doch wat, wat würklich tellt.

Wi beid wüllt Minschen glücklich maken,
grote, lütte, swatt, geel, witt.
Villicht   . . ok anner söte Saken
bringt so`ne Partnerschop noch mit!
Överlegg nich lang, segg “Jo“ ganz fix,
so`n Keerl alleen, dat döcht doch nix.“

De Wiehnachtsmann, de stöhnt bloots:
„Puuh!“
sietdem is Lieschen Wiehnachtsfru!

Unkel Ludwig un de Ledderfootball

In de Vörwiehnachtstied sünd mien Fru un ik in Kiel dörch de Holstenstraat bummelt. An de Spaarkassenarena vörbi, bit baben na`n Olen Markt. Un mi füll so allerlei vun fröher in:
In Oktober 1954 weer ik lütte Buttjer mit Modder op ene Truerfier in de niee Ostseehalle, hüüt Spaarkassenarena. Börgermeister Andreas Gayk weer storven. Modder hett tohöört, wat över sien Leven seggt wörr, ik heff mi de Lüüd rundrüm ankeken. Opmaal sä Modder liesen: „Kiek, Unkel Ludwig is ok hier." Un wiest op en olen Mann, de ene Reeg vör uns stünn. Knakig weer he, `n lütten Boort ünner de Nääs, Schirmmütz ünnern Arm klemmt un `n langen, swatten Mantel an. Later hett se mi vertellt, dat he in ganz Kiel bloots Unkel Ludwig nöömt ward. Wachmann op`n Parkplatz an Olen Markt. „Bi em – sä Modder – laat ik ümmer de sworen Saken, wenn ik inkööp. Dormit ik nich so veel to slepen heff, passt he dor solang för op. Un denn snackt wi ümmer `n beten."

In dat glieke Johr, 1954, sünd de düütschen Footballer Weltmeister woorn. Dat weer jo wat för uns Jungs! Geev nu bloots Football un nochmaal Football. Flitzbagens, Katschis un Pickerbüdels flögen in de Eck. Wi wullen Football spelen. So as Boß Rahn, so as Fritz Walter. Aver wi harrn keen Ball. Wat wi maakt hebbt? Wi hebbt vele rode Weckgummis överenanner schicht – jeder hett sik to Huus welk klaut – un harrn to`n Sluß so wat as `n Football ut Gummi."
Klaar dat ik mi aver `n richtigen Ledderball wünscht heff. To Wiehnachten. Hett bi`t eerste Maal nich klappt. En Johr later stünn wedder „Football" op mien Wunschzeddel. Dreemaal rot ünnerstreken. Mien Wunsch weer noch grötter worrn, wieldat Vadder mi sünndags `n poormaal op sien Motorrad mit na`n Holsteenplatz nahmen harr. Football kieken.
Kort vör Hilligavend weer ik mit Vadder un Modder in de wiehnachtlich smückte Stadt ünnerwegens. De Schaufensters vull, de Kinnerogen groot. Ik wüss, dat wi uns dat mehrste dorvun nich leisten kunnen. Vadder weer al mehrmaals arbeitslos wesst, Geld weer knapp. Op`n Olen Markt hebbt wi uns Inkoop – as ümmer – eerstmaal bi Unkel Ludwig deponeert. Dat ik so geern `n Football hebben wull, dat wüss he. As wi nu mit Inköpen torecht weern un uns

mit de ganze Pakelasch op`n Weg no Huus maken wullen, dor hett Unkel Ludwig Vadder gau noch wat in`t Ohr seggt. Un Vadder hett Modder wat in`t Ohr seggt, un de beiden sünd – „wi mütt noch gau wat besorgen“ – för teihn Minuten afhult. Ik bleev solang bi Unkel Ludwig. Wat se mi erst later vertellt hebbt: Unkel Ludwig, de jo mien hitten Wunsch kennen dä, harr Vadder `n Tipp geven. En Kieler, den he kennt hett, harr sien Jung en Johr vörher `n Football schenkt. Aver düsse Jung hett nich eenmaal dormit speelt. Keen Lust to. Un as Unkel Ludwig, de jo geern mit sien Kunnschop över Gott un de Welt snacken dä, em vun mi vertellt hett, weer de Saak snell klaar. Vadder un Modder sünd bloots gau de Däänsche Straat rünnerlopen. Dor hebbt de Lüüd wohnt. Un för teihn Mark kunn se den nagelnieen, fein brunen Ball mit neihte Naht un Ventil mitnehmen. Un sogor noch `ne Luftpump un `ne Doos Ledderfett dorto. Un allens dat leeg Hilligavend op`n Gavendisch. Keen anner Hilligavend in mien Kinnertied is so schöön west!“

(Ludwig Goedecke (1886 – 1967) weer lange Johrn friewillig Parkplatzwächter in Kiel op`n „Olen Markt“. He wörr, wieldat he ümmer geern holpen hett un wegen sien fründlich Oort bloots „Unkel Ludwig“ nöömt. As he na en Överfall storven is, hebbt de Kieler Geld för en Denkmaal sammelt.)

Lüttes Glück

Niklaas, Ruprecht, Wiehnachtsmann,
teihndusend Lichters sünd to sehn,
un de treckt uns in ehren Bann,
mitünner mutt ik wenen.

Ik kiek torüch bloots en lütt Stück,
heff düster Straten nich vergeten,
dor harrn wi noog an dat lütt Glück,
dat wi tosamen seten.

Prosit Niejohr

Al wedder is dat Johr vörbi,
dat geiht to`n Sluß so gau,
un trüchwards kieken, denk ik mi,
is ok nich ümmer slau.

Un ik plier eerstmaal in mien Spegels,
un denk, so krall büst du nich mehr,
un hööp, ik striek noch nich de Segels,
un hööp, mi geiht nix mehr verqueer.

Ik reck denn Kopp un kiek liekut,
dat Leven geiht no vörn.
Ik laat ut` Glas de Luft hüüt rut,
drink op uns kregel Göörn.

Un nimm een Sluck op miene Fru,
de ümmer bi mi steiht,
stell mi de Fraag – jetzt, hier un nu,
heff ik se hüüt al eit?

Un ik stööt an op jedeen Dag,
denn Gott mi schenkt op düsse Welt.

Haav un Goot – dat ik nich lach,
nich allens gifft för Geld!
Un ik drink op dat ole Johr,
dat glieks aflopen is,
un op dat niee – is ja klaar,
dor drink ik ganz gewiß.

Wat uns dat bringt, dat schall
mi würklich maal verlangen.
Tweedusendtwintig – ok bloots een Tall,
een kann de Tied nich fangen.

Raketen, Knallpogg, Sülverregen,
dat Johr is üm, de Tied is weg,
ik wünsch ju Glück un Gottes Segen,
wenn ik nu „Prosit Niejohr“ segg!